novum **pro**

AF146294

Wolfgang Bader (Ed.)

# novum #17

## VOLUME 5

novum pro

© 2025 novum publishing gmbh
Rathausgasse 73, A-7311 Neckenmarkt
office@novumverlag.com

ISBN 978-3-7116-0704-1
Lektorálás / Editing:
Sósné Karácsonyi Mária / Charlotte Middleton
Borítókép / Cover photo:
Sara Winter | Dreamstime.com
Borító, tördelés & nyomda /
Cover design, layout & typesetting: novum Verlag
Illusztrációk / Internal illustrations:
141. oldal © Pap Szilárd
151. oldal © Ternyák Balázs

A szerző által a kiadó rendelkezésére bocsátott
képek a legjobb minőségben kerültek nyomtatásra.
The images provided by the authors have been
printed in the highest possible quality.

**www.novumverlag.com**

Druckprodukt mit finanziellem
**Klimabeitrag**
ClimatePartner.com/16547-2311-1001

# Tartalom / Contents

\*\*\*

*Békési Anna*

# Versek

## Nyárutó

Törökmézet faltunk,
hóbortosan sarjadó virágok
kiszikkadt ágyására,
porladó rögöcskékre hulltak az
olvadó morzsák,
ajkainkról és ujjaink közül
alácsordult a nyár
szerelemnedve,
engem fogtál,
én téged ízleltelek
minden harapással,
és...
„Nézd, milyen egyformán fehérek,
sápadtak, mint a nap..."
Inkább a virágoknál
keresett menedéket a szemem,
mert annyira fájón sajdult bennem
a megszállottan vonuló idő,
a búcsú, mely ismét, bármikor
utolsó lehet,
a távolba hívó tengerek...
„Egyformák? Dehogy... Nem is fehérek.
Csak abban az egyetlen pillanatban,
amikor először égre néznek" –
fordult gömbölyded kaccanásba hökkenésed,
s végiggurult a kavicsos úton,
egy szökőkútba csobbant,

magasba röppent csapzott galambként,
s egy felleg ölébe kapta menten.
„Nézd azt ott... Leheletnyi rózsás.
Szájon csókolta a részeg hajnal,
még fel sem eszmélt a pirulásból...
Az pedig halványsárga,
elhagyott menyasszony,
és az ott a Holdnak szeretője,
elaludt kék fátyolruhában,
visszavárja az éjt..."
És megfestetted a parkot nekem,
a kifakuló lombokat,
a nap-perzselte füveket,
mind fáradtabban
ballagó napok helyett
színeket adtál: életet.
Azóta ezen a kopár parton ülve,
ahol vártalak, várlak, várni foglak,
árnyak ölelnek fényeket.

## Köztes lét

Már megteheted,
hogy tenyeredre emeled
e csöpp világot,
a horizontot,
ameddig ellátok,
a vihart magáról lesöprő eget,
az élet-zöldből kisápadó fákat,
satnyadó gyümölcseiket,
s napfénykezed végigsimít
e kis bogár ázott szárnyain,
ki néha repülni próbál,
botladoz, keres,

tócsákban evickél,
bakancsok útjából menekül,
de úgy hiszem,
még nem feledted egészen emberléted,
s a szivárvány most a fejem felett
talán a könnycseppeiden
áttetsző mosolyod sugara.

## Mogyoró

Mogyorónak semmi nem kellett
Önmagából szülte a Mindent,
Tudta a káoszt, tudta a békét,
tudta a békéből virágzó rendet,
színek zenéjét, zenélő csendet,
világ bölcsőjét ringató kezeket,
koporsójára hullajtott könnyeket
Sohasem aludt, sohasem ébredt,
álmodott szörnyet, álmodott szépet,
tompa morajként félte a kintet
Feltörhetetlen, haszna semmi –
elhajították, másikat venni
nyúltak a kezek,
szemétbe veszett,
útszélre taposták
A héj fölrepedt,
a Mag
a Föld áldott ölében,
ahonnét vétetett,
gyökeret vert,
messzeségek láncán
vonszolt vándoroknak
álmokat suttogó,
hűs bokrot növelt:

eledelt adott,
árnyékot, fekhelyet,
hajcsár vágyaik ostora elől
egy-egy éjjelre rejteket


## A Hold leánya

Távoli csillag szeretője,
Boldoggá sosem ölelt asszony
Özvegy előbb,
mint eljegyzett menyasszony
Árva, kinek anyja sose volt
Anya, aki gyermeket sose szült
Ringatta a Hold,
ringatott csendből kelt meséket
Szabad rabszolga
Rabja Szabadságnak
Zöld mezők emlékét
versekben idéző,
aszfaltot morzsoló városi veréb
Idővel versenyt loholó,
folyton egyhelyben topogó
Kétbalkezes tündér
Tétova boszorkány
Varázsigéket hunyorgón olvasó,
fortyogó üstöt lábára loccsantó
Egy elveszett szív zenéjére táncol,
siratja, mi régen volt, soká lesz
Sikátorokban kóborol,
óceánokról álmodik,
Macskák szemével lát,
dúdolja delfinek
ezüstkék énekét

## ÉLETRAJZ

1969-ben egy dél-magyarországi kis településen született. Hároméves korában kezdte tanulni a betűket, négyévesen pedig folyékonyan olvasott. Autizmussal él, barátai a könyvek, hatéves korától kezdett történeteket írni, de valódi műfajának a verset érzi. A gyerekkori költeményeket leszámítva 1988 óta foglalkozik versírással. Erre barátja, alkotótársa is inspirálta, akivel 27 és fél évet töltött együtt, egészen 2016-ban bekövetkezett haláláig. Írásaiban igyekszik átjárót keresni a saját, meglehetősen zárt világa és az „odakint" között, egyensúlyban tartani a kétféle valóságot: amely benne él, és amelyben élnie kell. Hiszi, hogy a költészet segít neki leküzdeni az autizmus okozta nehézségeket a hétköznapokban. Önállóan él és dolgozik Budapesten, bolti eladóként. Versei még sohasem jelentek meg nyomtatásban.

# Antihallás

## 1.

A mellékelt szöveget Szikla Szilárd elvtárs, a megyei pártbizottság aktivistája (a név paródiának tűnik, de nem az) egy Argentínába kimenekültt osztálytársától kaphatta. Több mint ötven évvel ezelőtt. A következő kommentár kíséretében: „Jól emlékszem, hogy főiskolás korunkban egy kocsmai vita során komponista kollégánk nem volt hajlandó elhinni neked, hogy nincsen semmi hallásod. Abszolút hallás van, abszolút antihallás azonban elvileg sem létezhet. Te állítottad, hogy neked az van. Ki is próbáltátok. A „Boci, boci, tarkát" tanulgattátok heteken át. A harmadik hangjegyig sem tudtatok eljutni. Leveleidből azt olvasom ki, hogy a kommunizmus sem igazán megy már neked. Megnyugtatásul küldöm a mellékelt szöveget. A történetet itt mindenki ismeri."

Szívesen reprodukálom, hiszen Szikla elvtárs egyik áldozataként (ő rúgatott ki az állásomból is) néha már-már az az érzésem, én írtam valamikor. Pedig nemrégen az ő szekuritátés hagyatékából került elő... (A Román Posta nyilván minden nyugatról érkező levelet felbontott. S esetenként le is másolt.) Íme.

## 2.

„Második hónapja várt a halálra. A legteljesebb nyugalomban. A tudat, hogy emberhez méltóan halhat meg, tökéletesen kielégítette.

A kivégzések mindig pénteki napon kezdődtek. Valerio látszólag egykedvűen, valójában izgatott elégtétellel fogadta a hírt, hogy immár ő is sorra kerül. Másnap a rácsos kukucskálóablakon át kis papírszelet lebegett a cellába. Mohón kapott utána; sejtette, hogy kik és mit akarnak közölni vele. De ahogy a papírlapra pillantott, megrémült. Kétségbeesetten nézett szét, mintha csak most vette volna észre a falakat, melyek közé bezárták.

Első riadalmát agresszívnak tűnő gesztus követte: ököllel esett a szomszédos cella falának:

– Hát már ti is! – üvöltötte.

Az őr, aki a cetlit eljuttatta hozzá, régóta figyelte és csodálta Valeriót. Néhányszor meg is próbált szóba elegyedni vele. Sikertelenül. „Eltorzítanak a szerepeink", gondolta, miközben fel és alá sétált a cellasor előtt. Én őr vagyok, ő rab, s ezen sem az együttérzés, sem a rokonszenv, még a közös meggyőződés sem változtathat.

Valerio szokatlan viselkedése azonban megriasztotta.

– Csendesebben, uram, csendesebben! – suttogta ijedten.

Valerio mintha csak most vette volna észre, hogy rajta kívül más is él a cellavilágban, mohón csapott le a hangra:

– Tud maga énekelni?

– Alig-alig...

– Uram – pillantott az őrre hálásan. – Uram...! – ismételte, s megnedvesedett a szeme.


## 3.


Valerio a főváros, Santiago egyik legrégibb családjából származott. Ükapja, a legendás Federico Gomez, a város egyik alapítója, már 200 esztendővel ezelőtt koncerteket szervezett a városban. A család tagjai azóta is zenei pályán érvényesültek. Sőt, a családba mást nem is fogadtak be soha, csak zenészt. Büszkék is voltak erre.

Megmagyarázhatatlan sorscsapásként hatott hát, amikor az utolsó, de zenésznek talán legnagyobb Gomez sarj, Roberto kisfiáról, Valerióról kiderült, hogy – amint a család szörnyülködve ismételgette – *afon*.

Rejtegették, amíg lehetett. Nem járt iskolába, anyja, a világhírű zongoraművésznő tanítgatta énekre. Sikertelenül. Anyja nem egyszer két fülénél fogva verte fejét a házhoz tartozó park évszázados platánjaiba, melyeknek lombjai alatt, a kerti padokon próbálta kicsikarni fiából az első, zeneinek is minősíthető hangokat.

Apja az ország egyik leghíresebb zeneesztétájához fordult tanácsért, aki (akárcsak téged egykor a kollégád) megnyugtatta: a zeneelmélet nem ismer abszolút antihallást, minden ember rendelkezik hallással, mely néha meglepő mértékben fejleszthető. Nem is beszélve Valerióról, akinek a génjei ugye...

Valerio másfél éven át – persze titokban – egy világhírű salzburgi hegedűtanártól vett órákat, s ott kellett lennie családi díszkísérettel a filharmónia összes koncertjén, sőt próbáin is. Hegedülni vagy énekelni soha nem tanult meg, a zenét azonban, főként a ritmusérzéke számára kitűnően befogadható modernt – Bartókot például – szenvedélyesen megszerette. Alig tudott ellenállni az ingernek, hogy családi zenedélutánjaikon maga is beledúdoljon. De ahányszor ez megtörtént, szülei ingerültekké váltak. Különösen az anya, aki lassan egyéb jelekből is kezdte kiolvasni, hogy fia gúnyt űz belőle és a családból.

Ilyenkor ismételten nekiesett Valeriónak. Az apa összeszorított fogakkal, gyanakodva figyelte szeretett feleségét. S Valerio mintha valami bizonytalan szánalmat is kiérzett volna apja viselkedéséből, annál is inkább, mert az ilyesszerű jeleneteket ádáz veszekedések követték, melyek Valerio szobájába is behallatszottak.

Hogy miről is lehetett szó valójában, azt Valerio csak jóval később tudhatta meg, amikor apja váratlanul egy négyéves kisfiúval jelent meg a múlt századi ízlés szerint berendezett zeneszobában. A gyereket odaültette a zongora mellé, átszólt a könyvtárba a feleségéhez, aki, miként mindig, a délelőtti órákban felmenőiről, nemzetközi hírű zenészekről írt visszaemlékezéseinek szentelte idejét. A nő megjelenésekor a gyerek könnyedén és hibátlanul játszani kezdett. Mikor befejezte a számot, az apa tagoltan és jelentőségteljesen bejelentette:

– Tomasio *valóban* az én gyermekem.

Az anya kábán nézett férjére, aztán elsápadt:

– Te gazember! – sikította hisztérikusan. Körmei nyomán vékony vércsíkok szántották be a férfi arcát. Ő azonban az igazságért szenvedő mártír méltóságteljes nyugalmával viselte a hisztériát. Aztán megmarkolta felesége csuklóját, csavart rajta, s mélyen a szemébe nézett. Az asszony vinnyogó hangokat hallatott, s megtörten a szomszédos pamlagra roskadt. Nagy, puha párnákba fúrta az arcát.

– Ha igazad lenne, már régen nem tagadhatnám. De a tied, a tied! – zokogta.

Az apa legyintett, s kézen fogva a megszeppent gyereket elhagyta a házat.

Valerio egyszerre mindent megértett: szülei gyűlöletét, elkeseredett kísérleteiket, hogy zeneértőt faragjanak belőle, az idegenek szánakozását. Végképp magára maradt. Röstellt emberekkel találkozni, mert a rájuk szakadt hirtelen csöndben – mintha csak valamely megafon szólalt volna meg – tisztán hallotta a gondolataikat.

Az asszony természetesen ragaszkodott az igazságához. De a helyzeten a DNS-teszt sem változtatott. Az apa hiába esedezett bocsánatért. Az anya engesztelhetetlen maradt.

Valerio 18 éves korában szerencsére munkába állhatott. A cég, az ország egyik legjelentősebb hanglemezgyártó vállalata, melynek apja is részvényese volt, hivatalnokai közé fogadta. Az unalmas munka is boldoggá tette, hisz' mégiscsak kitöltötte az idejét. Főnöke rövidesen az ő szorgalmával, pontosságával és megbízhatóságával kezdett példálózni beosztottjai előtt. Néhányszor elő is léptették.

Elégedett volt. Olyannyira, hogy esténként – titokban – még koncertekre is eljárt. Olcsó jegyeket váltott a kakasülőre, vékonypénzű, farmeres-trikós főiskolások közt bújt meg, maga is hasonló szerelésben. Úgy érezte, maradéktalanul sikerült hasonulnia hozzájuk. Néha már jegyet sem váltott. Blattolt. Élvezetét lassan már a felismeréstől való félelem sem zavarta.

Egy napon mégis kellemetlen érzése támadt. A zenére sem tudott figyelni, csak feszengett a székén. Az volt a benyomása, hogy valaki folyton figyeli. Nem mert szétnézni sem, mert attól félt, hogy azzal is elárulhatja magát…

Szünetben egy meglepően csinos fiatal lány szólította meg. Tüzet kért, s amikor Valerio cigarettája alá tartotta a lángot, a lány mélyen a szemébe nézett, s szótlanul bár, de mellette maradt. Valeriónak tetszett a helyzet, mégis kínos zavarban morzsolgatta cigarettáját. Nem voltak kapcsolatai lányokkal. S mivel a lány később is rá-rá pillantott, méghozzá leplezetlen várakozással, már-már azon volt, hogy maga áll néhány lépéssel odább. A lány azonban észrevette szándékát, kézen ragadta, s alig meggyújtott cigarettáját elnyomva maga után vonszolta a fiút:

– A barátnőm nem jött el, szabad mellettem a helye.

Hazafelé menet elmondta, hogy mindent tud Valerióról, s megygyőződése, hogy ugyanolyan kitűnő hallása van, mint a szüleinek, csak valamiféle tudati gátlás akadályozhatja zenei kifejezőképességének kibontakozásában.

Kapujuk előtt rátapasztotta duzzadt ajkait Valerio ajkára, aki a meglepetéstől bénultan állta a csókot. A lány nyelve befurakodott a fogai közé, s puhán körültapogatta a nyelvét, az ínyét, miközben hosszú, zongorára termett ujjával a fiú nyakszirtjét, állát, fülét simogatta.

– Kedden. Koncert előtt a Café Montanában – suttogta még, aztán eltűnt a kapu mögött.

Valerio zavarodottan és kábán állt a hatalmas, vasrácsos kapu előtt. Valamely közeli toronyban fél tizenkettőt ütött az óra. Udvartalan telehold világította meg a villanegyedet, fénye mintha Valerio emlékezetében is világosságot gyújtott volna. Rájött, ki is ez a lány. A város egy másik nagy múltú arisztokrata családjának egyetlen gyermeke, akit szülei az egykori ősök emlékezetére szép hangzású afrikai névre kereszteltek. A név, Fatua, csodálatosan illett arabosan barna arcához, sötét hajához, egész érzékien meleg lényéhez. Egyébként a konzervatórium utolsó éves hallgatója volt. A családja-béli nők évszázados példáját követve már fiatalon egyike a különböző jótékonysági egyesületek hangadó hölgyeinek.

Valerio fél éjszakán át csak forgolódott párnái közt. A lány ajkainak langyos mentaízét, hajának egzotikus illatát érezte újra és újra, mígnem belealudt a boldog izgalomba.

A lány felbukkanása megváltoztatta egész életét.

Fatua társaságában már a zenetanulás is elviselhetővé vált.

– Én majd segítek rajtad – mosolygott anyás gyöngédséggel a lány. – Eddigi tanáraid azzal követték el a hibát, hogy a hallásoddal bíbelődtek. Ennek semmi értelme, hisz' a te hallásod hibátlan. Hosszan figyeltelek a koncertek alatt, az arcodról le tudtam olvasni a teljes partitúrát. Játszani kell megtanulnod, kezdetben pusztán hangjegyek után.

Mindez már a Café Montanában hangzott el, amikor is a lány egy német gyártmányú, triola nevű hangszert nyújtott át a fiúnak. A hangszer gyerekek számára készült, billentyűi különböző színűek voltak. Azzal kezdték hát, hogy miután felelevenítették Valerio kottaolvasás terén szerzett ismereteit, átírták a hangskálát színskálára. Aztán Valerio megtanulta a szivárványkottát. A zene számára egymásba átfolyó fények szakadatlan áradatává színesedett. Olyannyira, hogy mikor ismeretségük ötödik hónapjának egyik szabálytalan estéjén benéztek egy diszkóba is, Valerio csaknem félőrülten rohant ki. A fényorgona és a hangorkán teljes diszharmóniája fizikai fájdalmat okozott neki. Az volt az érzése, hogy: a dübörgő hangok és a harsány fények szétziláljak az idegeit.

Diszkóba többé nem mentek, de azon a napon, melyen Valerio csaknem hibátlanul lejátszotta az első néhány soros dalocskát, elhatározták, hogy összeházasodnak.

Az esküvőn Valerio a zongora mellé is leülhetett, s végigjátszotta a Für Elise néhány akkordját. Hibátlanul. Boldogok voltak. Fatua a legkisebb sikerért is válogatott gyöngédségekben részesítette férjét. Valerio hálából minden idejét kottatanulással és zongorázással töltötte. Jó ritmusérzéke révén néhány zeneszámot hamarosan egészen jól begyakorolt. A siker Fatuát a család kedvencévé tette. A szülők példás házi békével igyekeztek jóvátenni az „egykori félreértést". A házat ismét zene és a társasági élet nyüzsgése töltötte meg. A péntek esti baráti összejöveteleken, amikor is a ház barátai összegyűltek, hogy az ősi szertartás szerint zenét hallgassanak, felesége ellenállhatatlan (mert azért a házastársi intimitás Valerióra nézve szerfelett kellemetlen szankcióit is előlegező) mosolyával felkérte, hogy játszaná el szépen gyarapodó műsorának egyik-másik darabját. A dalok (a korábbi szóbeszédhez mérten) szép sikert arattak, már csak azért is, mert felesége a biztonság kedvéért soha nem mulasztotta el kifejteni, milyen reménytelenül afon volt a férje megismerkedésük kezdetén...

Az idill tehát teljesnek ígérkezett. Egész addig, amíg Valerio, elvétvén a billentyűket – anélkül, hogy maga észrevette volna – hamisan játszotta végig a teljes dallamot. És várta a sikert. A vendégek lenézően, Valerio – lassan hízásnak induló – felesége nyomatékosított kedvességgel mosolygott, mintha valamiféle tréfa tanúi lettek volna. A mosolytól azonban az áldozatnak borsódzni kezdett a háta. S balsejtelmei maradék nélkül beigazolódtak.

A gyűlölet újabb hulláma zúdult Valerióra. Felesége egyre sűrűbben célozgatott férje impotencia-gyanús megnyilvánulásaira, bár a még mindig szerelmes férfit maga tartotta eltökélten távol a nászi ágytól. (Így hát panaszai Valerio nézőpontjából valóban kínos kilátásokat sugallhattak.)

Időközben az országban is felforrósodott a politikai légkör. Egyre több szó esett a baloldal komoly választási esélyeiről.

Felesége és szülei a maguk jellegzetesen megfellebbezhetetlen modorában már a kezdet kezdetén kijelentették: a kommunisták semmi körülmények közt sem juthatnak hatalomra. Ez már önmagában is elégséges lett volna, hogy rokonszenvessé tegye Allendét[1]. A győzelem Valerio életének legboldogabb pillanatai közé tatozott. Valerio rokonszenvét azonban a tények is erősítették. Allendéék reális esélyeiben kezdetben maga sem hitt, de a titkos szavazás nyújtotta alkalmat megragadva, csak azért is Allendére adta le szavazatát.

Ő lepődött meg leginkább, amikor megtudta, hogy jelöltje jelentékeny szavazattöbbséggel valóban megnyerte a választásokat. Odahaza (bár ajkáról ama bizonyos jóslat valójában nem hangzott

---

1 Salvador Allende Chile törvényesem megválasztott kommunista elnöke.

el soha) az ősrégi hintaszékben ülve, két korty kávé közt (felesége szerint alattomosan) megjegyezte:

– Látja, mégis csak nekem lett igazam!

– Magának? Ne mondja! – nézett végig rajta az asszony az átlagosnál is kevésbé leplezett megvetéssel.

– Nekem – szerénykedett Valerio.

Mind jobban kezdte érdekelni a kommunizmus. A szabadság, az egyenlőség és a testvériség gyönyörű gondolata egy csapásra változtatta harmonikussá és értelmessé eddig céltalan életét. Rájött, hogy a kommunizmus az ő számára is, aki egész eddigi életét alacsonyabbrendűségi érzésekkel küszködve élte le, szintén a szabadságot ígéri. Beásta magát az egyik szakszervezeti könyvtárba, s minden fellelhető marxista művet elolvasott. Három hónap sem telt bele, felvételét kérte a pártba.

Feleségéhez fűződő viszonya is gyökeresen megváltozott. Többé nem volt hajlandó elviselni az asszony folyton visszatérő vádaskodásait, a társasági élet unalmát, az örökös látogatásokat. Egyre gyakrabban fordult elő, hogy ha az asszony szemrehányásokkal fogadta, vette a kalapját, esernyőjét, és a pártszékházba ment. Némán, de érdeklődő tekintettel hallgatta a vitákat. S bár azokba soha nem szólt bele, mindig szívesen vállalkozott kisebb-nagyobb feladatokra. Annak ellenére is, hogy látta egyik másik elvtársán, ellentmondásnak semmi körülmények közt nincs helye. Elvtársai – tán feltűnően engedelmes természete, pontossága és ügybuzgalma miatt – különcnek tűnő vonásai ellenére is mindinkább megszerették. Egy idő után már nem csak a hétköznapokat, de a szombatot és vasárnapot is köztük töltötte.

Ez annál is természetesebb volt, mivel felsége és családja valóságos rágalomhadjáratot indított ellene. A család barátai és ismerősei kiközösítették, cége – az apa kategorikus felszólítására – elbocsátotta, ami még inkább meggyőzte Valeriót Marx tanításának igazáról, miszerint a kapitalista társadalom és főleg a birtokos osztály, melynek ősei révén bizonyos mértékig maga is tagja volt, régen megérett a pusztulásra... A válást, melyet az asszony intézett, Valerio teljes érdektelenséggel fogadta, bár kizárólag az ő hibájából mondták ki. Igaz, bűneinek és fogyatkozásainak arcpirító lajstroma kissé bőbeszédűre sikeredett... Ami valóban gondot okozott Valeriónak, az a politikai helyzet alakulása volt. A rézárak manipulatív csökkentése (a réz volt Chile fő jövedelmi forrása) és a világpiaci kínálat mesterséges felduzzasztása folytán a gazdasági helyzet gyorsan romlott. A válságot a teherautótulajdonosok sztrájkja tetőzte be. Már a pártban is hírek kezdtek keringeni egy amerikaiak által irányított ellenforradalmi kísérletről. Valerio minden idejét a pártközpontban töltötte. Többször figyelmeztette elvtársait: nem szabad felkészületlenül várni a támadást: csupán az amerikai demokráciában és a (könnyen manipulálható) nép bizalmában reménykedni (bár fiatalon ő maga is mindkettőt elkövette) felelőtlenség, hiszen azok (s amikor ezt mondta, már pontosan tudta, kikre gondol) mindenre képesek. Kevesen hallgattak rá.

Ő azonban többedmagával készülni kezdett. Célozni járt. Rövidesen kiderült, hogy ő, aki nemrég még a feleségétől is rettegett, olyan biztonsággal bánik a fegyverekkel, mintha ősei nem is zenészek, hanem – nemzedékekre visszamenően – katonák lettek volna.

Tagja lett annak a harci alakulatnak, amely Allende halála után még néhány napig képes volt megvédelmezni a pártházat és a főváros néhány jelentősebb épületét. Több napos reménytelen vérontás után negyedmagával került Pinochették kezére. A rendőrségen irtózatosan megkínozták. Mikor a börtönbe érkezett, egyetlen szétvert húscafat volt már. De megtörniük nem sikerült. Azt kellett volna bevallania (erről egyébként fogalma sem volt), hogy Allendét is a Szovjet Kommunista párt pénzelte, s hogy a kommunisták Dél-Amerika-szerte széles körű kémtevékenységet folytattak. Valerio tagadott, amit az is könnyebbé tett, hogy a vádak, legalábbis az ő tudomása szerint, nélkülöztek minden alapot.

Elvtársai előre figyelmeztették, mire számíthat. Valerio természetesnek találta a halált, hisz' Allende sem riadt vissza tőle. Tudta: boldogságának örökre vége. Igazán szabad már csak egyszer lehet: a kivégzőosztag előtt, amikor is pribékjeivel szembenézve emelt fővel vállalja a halált. Kaján mosollyal gondolt arra, hogy ellenségei kénytelenek lesznek megölni őt. Már a gondolattól is megmámorosodott. Azt az örömöt csak szervezetének egyetlen állapotával tudta volna meghatározni. Alacsony vérnyomásban szenvedett, s a napi erős feketekávé valóságos eufóriát váltott ki belőle. Nem véletlen, hogy rabsága óta épp a kávét, reggeli meg ebéd utáni török kávéit nélkülözte a legkeservesebben, s hogy a halál előtti pillanat végtelen szabadsága tudatában szétválaszthatatlanul összefonódott a koffein keltette mámor érzetével.

## 4.

Még mindig izzadó tenyerében szorongatta a papírdarabot. A cetli lassan galacsinná morzsolódott az ujjai közt, de agya gépiesen ismételte a szöveget: „Az Internacionálét fogjuk énekelni!"
Énekelni, énekelni...
Másnap őrök vonszolták a kivégzőosztag elé. A hajnali hűvösség ellenére is csorgott róla a veríték. A felismerhetetlenségig nyúzott volt, és szánni való. S amikor társai felemelt fővel dalolni kezdtek, ő megtörten, tétova, hangtalanul mozgó ajkakkal imitálta az indulót.
Az őr, aki főként Valerio kedvéért kelt fel ebben a kora hajnali órában, csalódottan fordult el. *Hiába*, gondolta ismét, *senkiről sem lehet előre tudni, mivé lesz a végső pillanatokban.*"
Ennyi.
1973. november 13.

## 5.

Hogy mit érezhetett e szöveg olvastán Szikla elvtárs, nem tudhatom, de engem azóta sem hagy nyugton. A társadalmaink legnyilvánvalóbb tényeit érintő – globálisan szivárványszínű – „süketségre" emlékeztet.

# ÉLETRAJZ

Bíró Béla 1947. február 18-án született az erdővidéki Baróton. Iskoláit Köpecen, Sepsiszentgyörgyön és Kolozsváron végezte. Kolozsváron doktorált. Főállású újságíróként a Megyei Tükör szerkesztőségében kezdett dolgozni 1971-ben. 1990-től a Brassói Lapok szerkesztője, majd rovatvezetője lett. Ma is főmunkatárs. 1996-tól 2012-ben bekövetkezett nyugdíjaztatásáig a Bukaresti Egyetem Hungarológia szakának, majd a Sapientia EMTE csíkszeredai karának oktatójaként dolgozott. Végezetül az utóbbi professzor emeritusa lett. 1971-gyel kezdődően főállású újságíróként, majd külső munkatársként folyamatosan publikált hazai és külföldi lapokban, folyóiratokban. Kötetei, tanulmányai jelentek meg több nyelven. Öt esztendeje a Kolozsvár melletti Magyarvistán él. A legutóbbi időkig is rendszeresen közöl a kolozsvári Szabadságban, a Maszol-online-on, a Brassói Lapokban. Kulturális és politikai tárgyú jegyzeteit a román rádió magyar adása sugározza. Számos sajtó- és irodalmi díj birtokosa, 2012-ben irodalmi munkássága elismeréseként Magyar Arany Érdemkereszttel is kitüntették.

*Dobai F. Judit*

# Csitt...

„Nincs senkiben nagyobb szeretet annál, mintha valaki életét adja barátaiért." (Jn;15,13)

Erre rímel az az életérzés, amit nem egyszer megéltem már, mikor legnagyobb gyengeségemben egy különleges kegyelmi állapot, botladozó, belső szeretet-erő felülmúlta fizikai gyengeségemet.

Így történt fellángoló baráti szeretetem utolsó röppenő pillanatában, mikor remegve, de győzedelmes erővel megragadtam a palacsintasütőt. Mert senkinek nincs nagyobb szeretete annál, mint aki egy rettenetesen fárasztó nap után a kimerült barátnőjének (élete zarándokútjának éppen legkedvesebb zarándoktársának) palacsintát süt éjszaka.

Történt egyszer, hogy hatalmas kirándulásból tértünk haza a legjobb barátnőmmel, aki boldogan terült el az ágyon és azt mondta: ilyen jó napja még sohasem volt, és ezt igazán csak egy jó palacsinta tehetné még emlékezetesebbé, az lenne a tökéletesség. Rajtam is a kimerültség jelei mutatkoztak, de bekevertem azt a bizonyos palacsintát és mind a tízet kisütöttem. Valamiféle félálomban jártam, de mosolyogtam és tettem és vettem és sütöttem. Nagyon finom töltelékt is készítettem hozzá: túrót, diót, lekvárt és tejszínhabot, amit aztán drága barátnőm elnevezett halálos palacsintának. (Igaza volt, ami a jelzőt illeti.)

De a történet korábban kezdődik, mert egyszer volt, hol nem volt, elindultunk egy nagy zarándokútra: sok busszal mentünk le Boszniába, egy „Mária-jelenés" helyszínére. A 12 buszos zarándoklatban az egyik busz lelki vezetője én voltam. A 12 órás út alatt minden történt ezen a buszon: éneklés, ima, reggelizés, csacsogás, sőt, reggel majdnem föl is borultunk, mert a busz egyik oldalából a másik ablakig szaladgáltak utasaim. A gyönyörű Neretva folyó völgyében mentünk, hajnalban, ahol szívet, lelket gyönyörködtető, szinte földöntúli fényességbe borult a táj, amely lassan-lassan betöltött minket.

Az általam vezetett zarándokbuszon érdekes módon éjjel soksok csacsogást hallottam azon a bizonyos horvát nyelven, amit a célállomáson, Medjugorjéban is beszélnek. Aztán mikor megérkeztünk a faluba, hirtelen mindenki elhallgatott és elfelejtett horvátul beszélni. Én magam nem beszélem ezt a nyelvet, úgyhogy kézzel-lábbal magyaráztam a sofőrnek és annak a kedves kisasszonynak, aki próbált minket eligazítani egy kis szálláshelyre, ami nem volt még panzió, csupán csak egy kis családi házikó. Bénaságomat látva az egyik elhallgatott, horvátul csacsogó hölgy fölállt és odajött mellém, pár szóval elintézte az egész hercehurcát, s nemsokára lett szállásunk – no, igaz, nem a legfényesebb luxushely, egymás hegyén-hátán szorongtunk. Akkor én már a huszadik órája nem hunytam le a szemem, majd a következő tízben sem, hiszen horkolás, matatás, suttogás, le-föl járkálás volt az éjszaka, majd erőltetett menetben, mindenki léptét vigyázva gondoskodtam majd' 40 fős csapatomról, míg a szent helyeket jártuk.

Mindenki nagyon bízott bennem, és kisebb-nagyobb óhajokkal ostromoltak, én pedig helyt álltam erőm végső megfeszítésével. Ugyanaz az érzés fogott el, mikor végső fizikai kimerültségem ellenére megszállt az a bizonyos kegyelmi erő, mint ama palacsintasütéskor.

Ez egy olyan személyiség tulajdonság nálam, amit már mások is fölfedeznek, fölfedeztek.

Mit ne mondjak, édesanyám is érzékelte. Még egész gyerek voltam, talán 10 éves, amikor hajnalban hallottam ám az előszobában édesanyám sikoltozását: „Jutka, fogd meg, Jutka, fogd meg!" Én kiugrottam az ágyból, kinéztem az előszobába, és láttam, hogy anyám kergeti a kotyogó nevű kávéfőzőt, az pedig vígan ugrál a bejárati ajtó felé. Igaza volt ennek a bizonyos James Wattnak: a gőznek hatalmas ereje van, csak hát én nem vagyok James Watt és nem is én találtam föl a gőzmozdonyt, ennek ellenére megvolt bennem az a lélekjelenlét, hogy egy törölköző segítségével lefüleltem a kis virgonc gőzgépet. Szóval lélekjelenlétben nincs hiányom, így születtem, és ezzel a jó kis adománnyal éltem végig egész életem. (Azt csak később sejtettem meg, hogy isteni adományban van részem, aminek a mozgatórugója az önfeláldozó szeretet.)

Azonban térjünk vissza azokhoz a nevezetes napokhoz, amikor meglátogattuk a zarándokhelyünket! Annak rendje-módja szerint megjelent a Szűzanya, mindenki csodát látott, volt, aki gyógyult, volt, aki nem. Volt, aki megtért, vagy éppen nem. Mindenesetre visszafelé az úton boldog zsivajjal haladt a busz, nem is kellett hozzá sok benzin, mert a lelkesedés hazahozta.

Újdonsült barátnőm, aki meglehetősen jó horvát tudásával végigkísérte gondoskodó zarándokvezetői utamat és mindenben a kezemre járt, nemsokára felkeresett és megtanított sok mindenre.

Éppen anyámmal vívtam nagy csatát, mert volt egy kis szőlőskertünk, amit valamikor édesapám művelt meg és az ő szerelme volt ez a kis szőlő, keze nyomán mindig kivirultak a tőkék, és augusztusra megjelentek a hatalmas fürtök. Ám édesapám elköltözött a boldog vadászmezőkre, és így ketten maradtunk anyámmal teljes tájékozatlanságban.

Egyik reggel megállt fölöttem édesanyám, csípőre tette a kezét és a nyersen közölte: „kivágatom a szőlőt".

Bennem aztán rögtön tótágast állt a lélek, hogy az apa szőlőjét? Lehetetlen! Hiszem, hogy azért tényleg egy leleményes, tettre kész ember vagyok, hiszen még a forró kotyogót is lefüleltem! Elővettem egy szőlészetről szóló könyvet, amely úgy kezdődött, hogy felássuk a kertet. Nos, én soha nem vettem a kezembe ásót, de nem lehet az akkor nagy butaság, nehézség, tehát elkezdtem felásni a kertet. Azóta is érzékelem megroppant derekamat, és azt a megerőltető fájdalmat, ami egész testemet átjárta.

Még a szomszédom is tett rá egy lapáttal, mert szerencsétlenkém munkaalkoholista volt, csupa szív parasztasszony, és a kerítésen lógva biztatott: „csináld, csak csináld, jó mélyen fel kell forgatni a földet"! Később, délután, anyukám már rimánkodott, hogy talán hagyjam abba, de én aztán nem. (Megint az a forró kegyelmi erő töltött el, amit oly sokszor éreztem, s most az apám iránti el nem múló szeretetem lobbantott fel.)

Hólyagos tenyérrel, fájó tagokkal keltem fel másnap, és bután bámultam bele a világba, hogy na és akkor most mi legyen? A szőlészeti könyv csak annyit árult el, hogy meg kell metszeni a szőlőt. Apám kezében ugyan táncolt a metszőolló, de túlzottan nem érdekelt, így aztán nem is tanultam tőle semmit, bár szívesen maga mellé vett volna kis tanítványnak. Éppen a kétségbeesés felé hajlott a lelki állapotom, mikor egyszer csak előbukkant az én horvátországi legjobb barátnőm.

Gyöngéden kezébe vette azt a rusnya metszőollót, és csitt-csatt, csak kezdte megmetszeni az édesapám által elfelejtett és elburjánzott szőlőt. Kezdtek már gyönyörűen kialakulni a tőkék, s láss csodát, augusztusra elkezdett teremni, ugyanolyan szépen, mint apám keze alatt.

Nagyon elcsodálkoztam ezen a művészeten, és szép lassan megfogalmazódott bennem az a hosszú-hosszú történet, ami évről évre megújult, hogy eljött a barátnőm, és csitt-csatt, csak fellélegzett a szőlő. Azután már nekem is ment, és egyszer csak azt vettem észre, hogy az én kezemben is vidáman táncol a metszőolló.

Az idő azonban könyörtelen, és megszámlálhatatlan napjait nagyon gyorsan ledarálja, egyszer csak elkövetkezik az a pillanat, amikor már az ember nagyon-nagyon megfáradt, ránehezedik az élet súlya.

Kedvesem! Régi zarándok barátnőm!

Ma megint szembejön velem a halál. Gyermekkorom legszebb nyarának egyik csodálatos gyermekét, régi barátom fiát temetjük.

Talán tudod, hogy nekem a halálban való megnyugvás nem félelmetes, mert aki elmegy, az Isten gyönyörű valóságában fog elnyújtózni és élvezheti azt a szeretetet, amit a Földön soha nem kapott meg, még az olyan üdvözült pillanatokban sem, amikor két ember teljes önátadásban van. Minden földi szeretet csak egy előíz, egy kis kóstoló a mennyeihez képest, és csak azért kapjuk, hogy még jobban vágyjunk az örök és tökéletes szeretetre. Mily' balga az ember, mikor állandóan keresi földi ittléte alatt a teljes boldogságot! Mennyit kergetjük nap mint nap. Szaladunk egy jó kis cukrászdába, és szopogatjuk, kanalazzuk az édességet. S amíg a szádban van, valóban megbillent egy kapcsolót az agyadban, ami egy pillanatra felvillant benned egy csöpp boldogságot.

Aztán a kapcsoló lehull, a boldog pillanat kihuny és te újból a kanál után nyúlsz és egy újabb édes falatot dugsz a szádba. Idegeiden végigfut az áram, és a kapcsoló „be" állásba ugrik, majd a felvillanó boldogság-utánzat kihuny. És megint, és megint, de a kapcsoló sohasem marad „bekapcsolt" állapotban.

Most ülök a kis lakomban egy őszi reggelen, már a Szent Mihály lova itt topog az ajtó előtt. A nap még felkapaszkodik az égre, de ereje már nincs, és varjú károg az ablak alatt. Szomorú és édes egyben. Elmúlás, búcsúzás, és az őszi illatokban van valami szívet markoló keserédes hangulat. Ahogy a levelek színt váltanak, és köztük beszűrődik a fény, őszi szivárvány játszik a fák tövén.

Most rád gondolok, és elmúlt közös életünkre. Torkom elszorul és szemem könnyes lesz. A múltat nem lehet újraélni! Nem lehet újraélni?

Kérdésemre „de igen!" a válasz. Lelkem egy gazdag kincseskamra, ahol a múlt emlékeiből raktam drága halmokat, és be tudok lépni ebbe a szentélybe, és el tudok merülni a régiségeim sugarában.

Jó itt lenni, és beszippantani régmúlt idők illatát, színeit, részegítő ízeit.

Jó. És boldog.

Lelkem belső, legbelső szobájában ott lakik Isten is. Ő az, aki a kezembe adja a múlt kincseit, és amint ránéz egy történetre, az megelevenedik az Ő szeme sugarában.

Más és más értelmet nyer egy-egy emlék, mint amit akkor régen jelentett.

Csitt-csatt – szólt a metszőolló a kertben. Te, kedvesem, te tanítottál a szőlőmetszés művészetére. Csitt-csatt – szólt a metszőolló a következő évben, immár az én kezem alatt és lehullott az élettelen vessző, hogy az új életnek helyet adjon. Megtanultam az életfakasztás egyik művészetét. Csitt-csatt – szólt a metszőolló a következő évben, és mellém állt Jézus, rám tette a kezét és mondotta: „Én vagyok a szőlőtő, te pedig a szőlővessző, és ha megmetszelek, bő termést fogsz hozni, és bennem maradsz, ahogy én az Atyában vagyok! Akarod ezt?"

„Akarom, Uram!" – És termőre fordult az életem gyümölcsöskertje.

Csitt... és már nincs csatt. Kihullott a kezemből a metszőolló a következő tavaszon.

Ránéztem a szőlőre. Ránéztem a földön heverő metszőollóra, aztán ránéztem Istenre.

És Isten mosolygott!

„Elvégeztetett. Mást adok a kezedbe, csak nyisd ki a tenyeredet és fordítsd felém!"

Torokszorító félelem, várakozó szívdobogás, a kéz még nyúl a metszőolló után, de már nincs erő benne. Egy mozdulatra még futja, egy ég felé rebbenő kinyílásra, aztán Csend. Nagy-nagy csend! Egy hatalmas kohóban találtam magam, mely égetett, porrá tört, átlényegített és letisztított.

(Kórház, fehér falak, halál, szívmegállás, új születés...)

Rengeteg illúzió vesz körül a mai világban. A végtelenségig hajszoljuk a pénzt, az eredményeket, míg kerüljük és lenézzük a kudarcot. Isten világában azonban egészen más az élet. Isten használja a kudarcokat és a szenvedést, hogy segítségükkel a valós látószögből láthassunk.

Nem kell szégyellnem a gyengeségemet. Amikor fogytán az erőm. Estére ólmos fáradtság lesz úrrá rajtam, és kimerülten zuhanok az ágyba. Amikor fel sem tudok onnan kelni, mert beteg vagyok. Amikor kezemből a tárgyak, fejemből, mint rostán át, a gondolatok kihullnak.

Csitt-csatt szólt a metszőolló, de már Isten kezében. Ő lett a szőlőműves az életemben.

Kopognak az ajtómon, és bejön az első árva lélek. Még fáradtan az átlényegítő tisztulástól,

de már eleven szemmel és teli szívvel fogadom. Szomorúságát örömre fordítom!

Ismét kopognak, mozdul a kilincs, és belép egy másik árva lélek. Elevenedik a szívem, már zeng a hangom, és átadom hitem egy csillogó darabját. Boldog mosoly a jutalma. Az övé! Aztán koppan az ajtó, koppan a padló, zeng a szívem, jönnek az árvák, és mindegyik elvisz belőlem egy kincset. A lelkem gazdag kincsestárát nyitom meg, és szórom a drága emlékekből lett kincseket. Nézem, ahogy minden elfogy, és félek, hogy egészen üres leszek, mint egy belsejét vesztett dióhéj. Kipp-kopp, jönnek az árvák és viszik az életemet. Kipp-kopp, mondja a szívem, és néha kihagy egy ütemet. Kipp-kopp, most új vendég jön! Ő nem kér kincset, ő adni akar nekem. Ó, mennyei Jeruzsálem! Ki vagy te? Titok, mert álruhában van, és csak akkor fedi fel kilétét, ha már minden kincsem elfogyott.

Akkor a Titok nálam marad, és Ő lesz a kincs.

*2018. szeptember 28, Farkas temetése napján*

### ÉLETRAJZ

Dobai F. Judit Magyarországon végezte a pszichológiát, majd rájött, hogy hiányzik az életéből Jézus. Isten kegyelme elvezette egy szerzetesi főiskolára, ahol szerzetesi teológiát tanult, és szakdolgozatát a torzult istenképek vizsgálatáról írta. Hiszi, hogy a pszichológia eszközei és a kegyelem együtt szükségesek a gyógyításhoz. Pasztorálpszichológiai tevékenysége a harmonikus keresztény ember felfedezésére és kialakítására irányul, amelynek alapjai az alázat, a bizalom, az önismeret és az ima.

*Gellér Ferencné*

# Élet a „lú véginél"

**Ifjú Bugyi Sándor debreczeni „tajigás" és hejjes pógár**
Szemelvények a Dongó élclapból

A hazai élclapirodalom megjelenése Jókai munkásságával veszi kezdetét az 1848-ben szerkesztett Életképek Charivari rovat humoreszkjeivel. 1856-ban Kakas Márton levelei a Vasárnapi Újságban és az 1858-ban megjelent Üstükös, amelynek humoros, de opponáló, bátor hangja további élclapok megszületésére bátorított. Az országos jelenséggel egy időben Hajdú-Bihar megyében, elsősorban Debrecenben sorra jelentek meg az élclapok. A *Villám* és a *Darázs* 1901-ben, 1902-től 1910-ig *a Karikás*.

Székely Imre debreceni újságíró a századforduló idején indította meg harcos orgánumát, a Dongó c. élclapot. A lapot a Függetlenségi és a '48-as Párt szellemében szerkesztették, hiszen Debrecen ellenzéki, baloldali város volt. A cívisek, az iparosok a nemzeti sérelmek alapján szemben állottak a kiegyezés utáni politikai gyakorlattal.

A debreceni *Dongó* az aktuális hírekre, eseményekre történő rögtönzött reagálástól a véleményalkotásig, a derűs, megbocsátó humortól, az események ironikus, gúnyos leleplezéséig bejárták a komikus irodalom műfajainak széles skáláját. Hol szórakoztatóan, hol kíméletlen személyeskedéssel és túlzásokkal mutattak rá az ország és Debrecen város mintegy száz évének társadalmi és politikai ellentmondásaira, visszásságaira.

*A Dongó* név debreceni népszerűségét jelzi: nevét viselték naptárak, írók, szerkesztők, vers és színtársulat, újra és újra felidézve az ősi daltöredék st[]rófáját, amelyben kifejezést nyert a debreceni makacs ellenzékiség:

„*Debrecenben kidobolták, hogy a Dongót ne dalolják, csak azért is Dongó*".

Az élclap írói debreceni újságírók voltak, akiknek az élclapírás mellékkeresetet jelentett. Azok, akik vállalták ezt a munkát, többnyire szerették ezt a műfajt és élvezték, amit csináltak.

A Dongó kezdetben 12-16 oldalon jelent meg, fennmaradásának feltételét a lap támogatói, elsősorban kereskedői hirdetések biztosították.

Népszerűségét rovatainak stílusa, szelleme és mindenekelőtt állandó szereplői jelentették. Az *ifjú Bugyi Sándor „tajigást"* egy csapásra megkedvelte a közönség, és rövidesen a Dongó legnépszerűbb rovata lett.

Az élclapfigura szellemi atyja Nagy Pál, a református főiskola fizikus tanára volt, aki inkognitóban írta a tajigás-történeteket Kerekes Géza *Villám* c. vicclapjába. A *Villám* megszűnte után különös örökbefogadás révén Simon István református tanítóra szállt a szerzői jog, aki a *Dongó*ban már egy megfiatalított *Bugyi*val jelentkezett, és rovata 15 éven át, hétről hétre szórakoztatta a debreceni közönséget.

A *Bugyi-történetek* a századforduló monarchia-beli Debrecen tükörképe. A város törvényhatóságában nagy tekintéllyel és befolyással bíró Függetlenségi és '48-as Párt sokáig akadálya volt a polgárosodást szorgalmazó várospolitikai döntéseknek. Ragaszkodott a '48-as eszmékhez, s a kiegyezés okozta nemzeti sérelmek és a nemzeti függetlenség folyamatos hangoztatásával hosszú évek terméketlen közjogi vitáinak alapját vetették meg. Társadalmi bázisát a modernizáció kárvallottjai, a cívis gazdák, az iparosok, a csizmadiák és a tímárok jelentették.

*** 

Kik voltak a „tajigások"?

A régi Debrecennek a 19. század fordulójáig alig volt kikövezett utcája. A főutakon fapalló húzódott végig. Az utcákat elborító por- és sártengeren csak úgy boldogult a szekér, ha 3-4 ló húzta. A nagyobb méretű, erős építésű, lőcsös, kétkerekű, kétrudas taliga egy ló vontatásával bérfuvarozásra is alkalmas volt. *Bugyi Sándor* maga is a polgárosodás peremén élők archaikus életét élte. Gondolkodását és mentalitását meghatározta a helyi társadalom gondolkodása és mentalitása. A tajigások alkották a debreceni társadalom legszegényebb rétegét. Lelkesen támogatta a Függetlenségi Pártot, részt vett a választási harcaikban, korteskedett, s egy-egy független képviselőjelölt mellett olyan harci riadót fújt, mintha bármilyen csekély beleszólása is lett volna a választás kimenetelére.

A „tajigás" történetei nagy otthonossággal szólnak „tajigás" életéről, lovairól, barátairól és virtuskodásaikról, kedvenc kocsmáiról, ünnepeikről, álombeli különös utazásairól. A „tajigás" a társadalom elismert tagja, szószólója, akinek bátorsága és közvetlensége tapasztalható a különböző notabilitások megszólítása kapcsán, és elismerésre méltó a politikai és történelmi tájékozottsága.

\*\*\*

A szemelvényeket a *Dongó* 1900–1908 közötti időszak évfolyamaiból válogattuk. A későbbi évfolyamok Bugyi-történetei elvesztették szellemességüket, lendületük megtört, s nyelvi, stilisztikai színvonaluk is oly mértékben elmaradt a korábbi írások színvonalától, hogy azok közlésétől eltekintettünk.

A válogatás során szembekerültünk azzal a problémával, hogy a több mint 100 évvel korábbi, aktuális eseményekre fűzött élclapi történetek közül találunk-e olyan részleteket, amelyek át tudják hidalni a hatalmas időbeli távolságot, és elfogadhatóvá teszik a mai olvasó számára az olcsó humort, a sajátos cívis nyelvjárásban előadott pórias, durva részleteket.

Arra törekedtünk, hogy *Bugyi Sándor* „tajigásnak", mint a legismertebb élclapfigurának korra jellemző hétköznapjai kerüljenek bemutatásra.

\*\*\*

Az eredeti szöveget betűhíven közöltük, a helyesírás következetlenségeit is megőriztük. A szemelvények a megjelenés időrendjét követik.

A szövegeket rövidítettük, ha terjedelmük, felesleges ismétléseik, vagy az eredeti történet szempontjából lényegtelen részletek azt indokolták. A kihagyott részeket szögletes zárójelbe tett három ponttal jelöltük, de az érthetőség érdekében néhol összekötő szöveget alkalmaztunk. A lapalji jegyzetek a korszak történelmi-társadalmi hátteréhez adnak magyarázatot, az élő, beszélt nyelv szókincsének értelmezéséhez Kálnási Árpád *Debreceni cívis szótárát* hívtuk segítségül.

***

# 1900

## *1900. márc. 4.*
## Bugyi különös fuvarja

Török Péter[2] tanár úr Afrikából hozott tárgyait – kitömött majmokat, veres varjakat – kellett a múzeumba szállítani.

„[...] *a szagárul tüstínt észrevettem, hogy pájinka van benne. Esztet is fel kellett tenni a tajigára. [...] hát észre veszem, hogy a szilső üvegbe valami fertelmes fireg[3] esett belé, mingyá beütöttem a tetejín a hójagot, avval kihuztam az utálatos firget, oszt elhajítottam a szomszídba, az italt meg mekkostóltam. Hát vót ereje, jóféle ital, nem rosszat küttek a búrok. Ahogy jobban körülnízek, csak látom, hogy a többibe is van, még peg bika meg vízi bornyu.[4] Ííínye asztat a lócslábú[5] Pilátusát, e mán még se járja, így megcsúfolni az magyart, aval hajítottam azokat is kifelé.*

---

2 Török Péter (1883–1929), reáliskolai tanár
3 piócák voltak a férgek
4 tarajos gőte
5 karikalábú

De a tanár úr majd hogy le nem lökött a tajigárúl, mikor eszt meglátta, oszt szalatt egyenesen a firgek után. Ha velem nem törtínt volna meg, el nem hinném, előkerítette mindet, oszt visszatette az üvegbe, engem meg összszidott, de valami furcsán. Nahát tiszteltetem a gusztusát."

***

**1900. ápr. 29.**

**Bugyi Sándor kedélyes társalgása Tisza Kálmánnal**

„Ahogy a Betlehem–úcczán szíp csendesen igyekszek hazafelé, megpislantom Tisza Kálmány ű kegyelmít, akki akkurát ipp ojan tempora húzta az inát[6], mint a Nyalka lovam; na mondok hisz ü is első vót az magoss politikaji versenygisbe, azír hogy ijen lassan szok lípni, hát ű bizonyosan ért az ijen sorho, kérdést teszek vigette saját őszintén.[...]

Szerencsés jó napot, egíssíget kívánok, hát a családok hogy vannak odahaza, nem betegek-é? Mán a kis goróf, az unoka, ugy rebesgetik, hogy jobban van, tudom annak a nízísíre tecczett jönni, ne fijjík a tekintetes kegyelmes úr, vigyázunk mink rá, gongyát visejjük, de kár is lett vóna azír a gyerekír, ha a kímíny mellé került vón a csizmája,[7] mer jó testes, vállas gyerek, nem ojan madárhúsú, mint kigyelmed, jó esmerecscsígbe vagyunk a goróf urfival, mer ű is a péterfiján szok járni a nagyerdőre, meg én is, oszt mán sokszor elnízte a lovamat, ammint figurákat szok tenni a hámba. [...]

De tekintetes kegyelmes uram [...] juthat is eszibe, mikor hetvenkettőbe a követválasztáskor ott tánczoltattam ipp a kocsija mellett a lovaslegínyek köszt a bandérijonyba[8]. Na nizze, ahun lóg a feje a két rúd köszt, e vót a. Persze azóta ekkicsit hagyott el a fürgesígibül, mer

---

6 lábát
7 cívis szólás: meghalt volna
8 lovasszekerek csoportja

*hiszen csak mióta az elvet a szegre teczzet akasztani, mán annak is ippen 25 esztendeje. Eljár az idő [...]"[9]*

*Aval elkesztem tűlle búcsúzni, de ű csak ment, magam mellé eresztettem aut balkéz felől, mint ahogy dukál is, mondok sétájjunk hát ekkicsit, nem bánom, mer én ráírek, felkésérem a palotájáig, osztén ha el akarja a szivarvíget lökni, hát csak szójjík.*

*Aval tüstint kivette a szájábúl a szivart, peig még csak félig vót elszíva, oszt idatta. Na mondok, mán nem is mengyek tovább, hát az Isten álgya meg, maj ha Pesre megyek, nem kerülöm el a háza tájíkát. Kezet szorítottam vélle, hogy a csontyai csak ugy ropogott, aut fordultam vissza a lúho."*

## 1900. 22. jún. 3.
### Bugyi Sándor és a napfogyatkozás

*„Ahogy koczok lefelé a mester-ucczán, csak nízem, hogy mindneki az égre mereszti a szemit. Kérdem oszt egy urtúl, hogy mit tecczik bámulni? Aszongya, hogy napfogyatkozás van, aval nyom a kezembe egy fekete üveget, oszt biztat, hogy nízzek rajta. Nízek, hát csakugyan beleharapott valami kerek pofáju fekete a napba, hijja vót egy jó karé. Kérdem tülle, hogy mitűl van e? Aszongya, hogy a hód elibe csuszott a napnak, oszt a takarja el. Ne tessék vélem incselkedni tekintetes úr, mondok, mer mír azír, hogy a hód nem szok a napra mászni. Aszongya, hogy de szok, nízze csak kend, mingyá megmagyarázom. Aval lerántotta a parókát a fejéről, oszt aszongya, hogy láttya kend a fejemet, ez a nap. Hát csakugyan finylett, mer nem vót rajta haj. Na most aszongya ehen húzom rá a parókát lassan, oszt bétakarja a fejemet, így tesz a hód is. Ebbűl oszt tisztán megértettem, hogy nyiha-nyiha a nap is parókát szok feltenni; mír mír nem, tán azír hogy fázik a feje, meglehet hogy náthás ojankor.[...]"*

---

9  Tisza Kálmán 1868-ban a „Bihari pontok"-ban Magyarország Habsburgoktól való függetlenségének feltételeit fogalmazta meg, amelyeket 1875-ben, a Deák-párttal kötött fúzióval feladott

# 1901

## 1901. 1. jan. 6.
### Bugyi Sándor és az új század

*„Azon kesztem a huszadik századot, hogy odafagytam a tajigáho.*

*Amint csüngtem szípen lefelé a két rud köszt a két csizmát, akkibe benne vót a lábajim is, oszt gyönyörü szípen ott ülök a lú víginél, hát eczczer csak azon veszem észre a sort, hogy nem tok felállni. Tapogatom az ülő ríszem környíkit, hát tisztára odavan forradva az alsövinhe. Még eccsak a tubák, így magamba, hogy én ikertestvír vagyok a tajigámmal, még peig siámi [...]*

Otthonába népszámláló biztos érkezik.

*„[...] hát ehen toszul befelé egy úr az ajtón oszt aszongya, hogy ü engem meg akar számlálni.[...]"*

*„Megkérte aszt is, hogy magyar pógár vagyok-é? Mondok meghiszem asztat, még peig czivis[10], mer a Basahalmán belől kötöttik bokrára a hasam gyeplűjit.[11] [...]*

*Tud-é írni, olvasni? Ha a kezemet megfogják, sejtek hozzá, meg oszt van ugy, hogy nimék betűt nem tívesztem össze a másikkal. Mi a füfoglalkozása? Aszt a girhest hajtom akki ódaki áll a két rud köszt.[...]*

*Kérdett az oszt még összevissza sok minden furcsa bonyodalmat, [...] de a Pajkost sehosse tuttam vélle beiratni a csanád közzé, peig az is kenyírkereső."*

\*\*\*

---

10 debreceni módos paraszt polgár
11 Igazi debreceninek csak az számított, akinek a köldökét a Basahalmán belül vágták el. A Basahalmán, a város árkán belül születtek voltak a tősgyökeres cívis polgárok.

## 1901. 4. jan. 27.

### Bugyi Sándor találkozása az angol királyfival

„Mióta az ángoj kirájnő[12] meghótt, kegyetlen búbánatba vagyok, oszt gyászolok, mer távojrúl rokony vót. Ugy kerültem vélle agyafiságba, hogy mikor a fia jelenleg tizenhárom évvel ezelőtt Magyarországba vót, oszt Rudolf királyfiva[13]l Gőrgínybe lövödőztík a medvéket, hát önsaját magam is jelenleg vótam Erdéjbe, oszt öszvetanálkoztunk.[...] Jó csomót összelüttek, mer egy összefordított kassal vót, oszt nem bírta a lú, elakattak. Ahogy megláttya Rudolf kirájfi a szemijes jelen való lítemet; aszongya: hánd le csak Sándor aztat a tövisket, oszt pakojj fel ennyihán medvét a tajigára, megfizetek írte [...]

Mikor oszt az ángoj kirájfi látta, hogy mán csakugyan leereszkedek hozzájok, oszt segítek hát benyúlt a zsebjibe, akki teli vót aranynyal, belemarkolt, oszt aszonta, hogy tarcsam a sipkámat, tartottam, oszt teleraktа.[...]

Aszonta az ángoj kirájfi, hogy jó lesz ez a sárga píz otthon a gyerekiknek. De mondok nincs még gyerek, hanem maj ha lesz odaadom neki, hogy hadd jácczik vélle, de azomba egy bajjal[14] keresztapának is meghivom kigyelmedet [...]

Parolát adott rá, hogy hejjes az érvíny, osztán ha a köjök elvisittya magát a bába keze köszt, hát csak szójjak, legyek híradással a telegráncs deróton, oszt nem restel által csónakázni a tengeren.[...]

Hát mármost hogyne búsulnék én, mikor az ídes komámnak az annya halva fekszik; gyászolok azúta. Mihent megtuttam a Friss Újságbúl[15], hogy Ede[16] komám árvaságra jutott, mingyá fekete üveget kerestem elő, oszt abba hozattam pájinkát, vacsorára meg fekete retket ettem. [...]"

---

12  Viktória királyné (1837–1901), Anglia királynője
13  Rudolf trónörökös (1858–1889), I. Ferenc József és Erzsébet királyné fia
14  egyúttal, egy füst alatt
15  Új Debreczeni Friss Újság (1901–1902) politikai napilap. Szerk.: Sas Ede
16  Edward herceg, Viktória királyné fia

***

**1901. 16. ápr. 21.**
**Bugyi és barátai követ[17] választásra készülnek**

A Vígkedvű Mihály utcai tajigás társadalom tagjai – abrakos Csatári, zöldhaju Bakos, rücskös Balajti, bugyborík Szilágyi – a Szeredy kocsmában úgy döntenek, Kola János és Király Ferenc képviselő urakat megfosztják hivataluktól, és Bugyit meg Csatárit léptetik a helyükbe. Bugyi szép függetlenségi beszédet tartott:

*„Nemzetes pógári társadalom!*
*[...] a porczijót el kell törölni a főd szinéről, csak ippeg a pájinka porczióját[18] haggyuk meg a megunk riszire.*
*E vígett az adóvígrehajtóknak, meg a fínánczoknak[19] a bürit ki kell peczkelni minél hamarább.*
*Píz meg legyík doszt, hogy minden magyarnak jussík belőlle bűsíggel, hetenkint kécczer osztni kell a városházán a níp köszt a veres hasú bankót kosár számra. [...]*
*Legvégül pedig abba állapodok meg, hogy a lendőröket mind egy szálig agyon kell ütni. Ebbül tisztára meglácczik, hogy a szabacscság, egyenlősíg, azut meg a testvíriség*

**1901. 37. szept. 15.**
**Bugyi a választási hadjáratban**

*„Na Jancsi tesvir osztán, mánhogy Benedek[20] tekintetes úr tett ojan szavazást, hogy mán döfte. Meg is választyák ű kelmit biztosan azok*

---

17 A követnek a megyei közgyűlés utasításait kellett képviselnie az országgyűlésben.
18 adó; a népnyelvben a porció egy deci pálinkát jelent
19 pénzügyőr
20 Benedek János a *Debreczen* napilapnak volt a főszerkesztője, Hajdúböszörmény képviselője lett.

*a derik hajdúk, mer iszen Isten, ember láttja, hogy neki a kis ujjába*
*több van, mint száz Pali grófba Jóskástul.[...]"*[21]
*Debrecenben: „A városháza udvarán meg ujfent ott a temirdek*
*níp, alig tuttunk köszte béfurakodni. Itt meg Tali Kálmány*[22] *képviselő*
*úr keszte oktatni az emberi nemzetet, aut Bakonyi Samu*[23] *tekintetes*
*úr állott fel a katétrára*[24]*, oszt tett ojan perédikácziót, hogy nyiha még*
*az könyveim is hullott [...]*
*Az lesz ebbül akárki meglássa, hogy megválasztjuk Bakonyit*
*Tali mellé, hogy ketten verjík odafel Pesten a nímetet. Úgy legyik!"*

\*\*\*

## 1901. 38. szept. 22.
### Bugyit a tajigások követnek választják

Bugyi a kormánypárti kortestanyákról leszedi a zászlókat,[25] ta-
jigás-gyűlés a „Körültakaros"-ban.

*„Tisztelt pógártársak!*
*Az honyhaza bóldogsága kegyetlenkíppen szomjuhozza, hogy a tajigás*
*sorbul is kügygyünk fel követet az ország házába, mer mir azir, hogy*
*ha vígig nízek a lovam girinczin, ugy obszerválom*[26]*, hogy a bontó*
*fésühö nagyon hasonlít, akinek ippensígesen csak az az oka, hogy az*

---

21 utalás a gróf Dégenfeld család politikus tagjaira, Dégenfeld Pál (1871–1952)
   szatmári főispán, Dégenfeld József (1847–1927) Debrecen város és Hajdú
   vármegye főispánja
22 Thaly Kálmán, a debreceni Függetlenségi Párt szellemi vezére, mámoros
   függetlenségi nosztalgiával hatalmas népszerűségnek örvendett. Az 1. ke-
   rület képviselőjelöltje
23 Bakonyi Samu zsidó származású ügyvéd, a 2. kerület ellenzéki képviselőjelöltje
24 szószék
25 A választások előtt pártállásra való tekintettel a házakat különböző zászlók,
   a kalapokon különböző tollak is díszítették. A választási előmérkőzést az je-
   lentette, hogy melyik jelöltnek volt több zászlója a házon, ill. toll a kalapokon.
26 alaposan megvizsgál

*abrakos tarisznyába mán három hét óta bele sem szagolt, a színának meg mán az ízit is elfelejtette. Erre való nízvist aszondom, hogy a magos kórmánt egy hétre hámba kék fogni, hogy hadd tunná meg, mijen keserves az tajigás lúnak az sorja. [...] ennek az árva lúi helyzetnek a kórmány az oka [...] ammondó vagyok, hogy válaszszanak meg kentek éngem követnek, oszt maj meglássák kentek, hogy micsoda takaros leginy leszek odafel Pesten. Maj meg tanétom én a kórmánt kesztyübe dudálni.*

*[...] odafel az országházába arra szavazok, hogy porczijót egy tajigás vírem se fizesse. Körülhordozták a Körültakarosba, oszt ugy kiabálták torkok szakattábul: Éljen Bugyi Sándor képviselőnk!"*

\*\*\*

**1901. 39. szept. 29.**
**Bugyi mégsem akar követ lenni**

Rádöbben, hogy a sok bort, amit a tajigások csak úgy döntöttek magukba, neki kell majd kifizetnie.

*„Na csak asz várjátok, így magamba, aval rábíztam a fizecscsíget a Rákóczy harangra, oszt haza lantoltam."*

*„[...] egy lóval nem lehet ojan sokat keresni, hogy annyi böndőt megtőcscsik az ember".*

# 1902.

**1902. 11. márc. 16.**
**„Szavazat a niphe! Urajim, hajjuk a szíp szót!"**

*„Elkíszült mán a könyvem, akki ugy kezdődik, hogy aszongya: Én meg a Lú. Mos mán nincs egyéb híjja a sornak, csak ippeg a, hogy belé kell nyúlni a bugyellárisba, oszt két hitvány koronát kiszurni a könyvír, mer mir azír, hogy ekkis színát akarok venni a lúnak, rígen nem kóstolta.*

*Székely Imrénél[27] a Miklós-ucczán, aut Simon Istvánnál a Bánk-ucczán temérdek sok van belőlle, de meg oszt az könyes bótokba, aut ahun a trafik dohánt árujják, szint azon mód lehet belőlle vásárolni. Merem kommendálni saját őszintén, mer mír azír, hogy az magam sorja, aut meg az lúi erkőcs bele van szorítva a kömbe mind ecscseppig. De még a tetejibe csömöszöltem az Erzsók fortíját is, akkit a napamaszszontúl tanult.*

*Igy oszt kegyetlen ócsó a könyv. Aszondom én Bugyi Sándor emká debreczeni tajigás és hejjes pógár."*

***

**1902. 38. szept. 21.**
**Bugyi Sándor Kossuthról és a hazaszeretetről**

*„Hogy mijen keservesen keresem a kenyeremet, asztat csak én tudom, meg a lú. Nyárba izzadok, télbe fagyoskodok, emelem a zsákot, hajítom a lúbört, homokot hányok, hantot vágok, hízott disznót czipelek, nyúzok bornyát kötözöm, tollba fürdök, mészbe hencsergek, széntül feketillek, igy a naprul-napra, hétrül-hétre, esztendőrül esztendőre... Peig csak ojan kétágu vagyok[28], mint a váczi püspök.*

*Hanem azír aszondom [...] szabad vagyok mint a madár, oszt e kell nekem.[...]*

*Áldom is Kossuth apánkat, míg ílek, de még az unokájimnak is a lelkíre kötöm, hogy imácscsággal mongya ki a nevét, mer iszen csak ojan jó tuggyuk mink asztat, mint az urak, hogy ü tette a szegin fődhö ragatt szógát igazi emberré."*

Kossuth képét felkoszorúzva kiteszi az ablakba, gyertyát gyújt, ahogy a halottakra való emlékezéskor szokás. Megható őszinteséggel vall hazaszeretetéről:

---

27 Székely Imre (1866–1932) újságíró, a Debreczeni Reggeli Újság és a Dongó szerkesztője
28 cívis szólás. Mióta megszülettem, mióta az eszemet tudom

*„Magyar vagyok én is, mán ha tajigás is, ídes apám Kossuth Lajos, fiad vagyok én is! De meg is fogadom, szavamat megállom, hogy hazámat el nem hagyom, szeretem, imádom; szeretetit, imádását szívembe bézárom. Mindent teszek írte, a mi telik tűllem, ha bajba lesz, védelmezem, meg is halok írte. Megyek a csatába gyócs ingbe[29] gatyába, fekete gubába, ha a sor kívánnya. S akkor osztán jó Istenem arra kérlek: bátorsággal tőccs el, ütöm én az ellensíget ahun írem vagy karddal, vagy lőcscsel!"*

## 1903.

### 1903. 25. jún. 21.
### Bugyi Sándor a német császárnál

*„Tiszta munka: elmegyek Berlinbe a német császárho[30], ugy is aszonta, mikor itt vót nálunk jelenleg 97-ben Pesten, hogy sok szípet látott, csak azt az egygyet sajnálja, hogy debreczenyi tajigást nem látott, akkibe igassága is vót, mer hogy a debreczenyi tajigásanál jobban pászojjík valaki a lú vigihe, abbúl paszuj sincs[31], oszt ojat nem is faggyuz,[32] ha az egísz világot össze-vissza mászkája is. No de nem írt akkor rá, hogy eljöjjík Debreczenbe nízisünkre, így oszt – mondok – mos mán majd elmegyek én önsaját tulajdon magam saját öszintén, akkire való nízve aszontam az annyoknak, hogy süssik egy takaros czipót, aut dugja teli a szőrtarisznyát száraz kolbásszal, szalonnával meg jutúróval. Szót fogadott a fejírcseléd, sütött főzött aut pakolt mindent, mint ahogy dukál.[...]*

*Hát vótam oszt Berlinbe is, beszíltem a német császárral, bepanaszoltam neki a sort. Kegyetlen szívesen látott, még fejír eczetest is főzetett a felesígivel a kedvemír, mer mekkérdezte, hogy mit szeretek.*

---

29 fehér, finom gyolcsvászonból készült, bő ujjú ing
30 a német császár és porosz király II. Vilmos
31 abból semmi sem lesz
32 alaposan szemügyre vesz, megvizsgál

Bora is van de jó, csakhogy ekkicsit furcsán iszszák ük asztat mer mír azír, hogy még vizet tőtenek bele, mán pég én asztat még a csizmámba se szeretem, aut cseresznyét tesznek bele, oszt ugy szürcsölik.

Aszongya a német császár, hogy tudod-i Sándor, hogy hogy híjják esztet? Tuggya a lú felsíges uram, mondok mán hottudnám? Aszongya ugy híjják esztet, hogy máj tarank[33]. Hász asztat látom, mondok hogy mártanak, még pég cseresznyét mártanak, akki elég fonák tempó, de ammeg oszt még fonákabb, hogy vizet tőtenek a borba. Na attul kezdve oszt az én poharamba mindig tiszta bort tőtöttek, akkitűl oszt ojan kedvem szottyant, hogy eldanoltam néki a legkedvesebb nótámat, mán hogy asztat, hogy „Jaj de hunczut a német" akki ekkicsit pőtyögősen esett neki, de aut megmagyaráztam neki, hogy az osztrák német, az ojan Lú egér[34] meg Schőnbornyú féléket ércse alatta, mer magam is asztat értem.

Aszonta osztán, mikor elbúcsúztam tűlle, hogy ne fíjj Sándor míg éngem láccz, maj toszítok én egy levelet Bécsbe, oszt emlíkezz rá, hogy Tisza Pista[35] ugy haza szalad Gesztre, hogy a lába se íri a fődet.

Ugy legyík felsíges uram, mondok, aval paroláztam vélle, oszt ehen haza jöttem. Várom asztat a szaladást."

# 1904.

## 1904. 6. febr. 7.
## Bugyi Sándor és az Új Párt

Elment „megfaggyúzni" az Új Pártot.[36] Nagyon tetszett a sok szép beszéd, de „csak nem fér a fejembe, hogy mi a mendőrgős menkűír kell e vígett új pártot erányozni, hisz ipp esztet szavazta Tali Kálmány

---

33 konyak
34 Karl Lueger bécsi polgármester, Schönbrunn császári rezidencia
35 Tisza István 1903-ban miniszterelnök, Geszt a család ősi birtoka volt
36 Új Párt néven pártot alapított Bánffy Dezső volt miniszterelnök

*uram ű kigyelme is de mán ríges-rígen. Mámmost, ha űk is azt akarják, hogy magyar legyík az ármádia, meg oszt magunk szegygyük a vámot a grániczon, micsoda több afféle, hát mi a hét menkűír haggyuk akkor ott a 48-at, hisz emmán mégis csak valami fonák sor vóna. Mingy össze is súgtunk a sógorral, hogy mink nem engedünk a 48-búl, mer mír azír, hogy az a beszíd"[37]*

\*\*\*

**1905. 49. (sic!) 48. dec. 3.**
**Bugyi Sándor levele Norvégia királyához.**

*„Jó napot kívánok, kedves szógám Hakón[38], / Én akki itt hejbe, Debreczenbe lakom! / Van egy rossz lovam, de nem hízik abrakon, / Csak ugy lípked szegény, tétovázva vakon. / A viginél hajtom, nem ülök én bakon; / Nem nízek ki czifra házbúl az ablakon, / Nem vagyok én kiráj, – ha bűr van felrakom, / A zsidótul oszt a fuharbirt megkapom.*

*Hát kírlek aláson ebbűl mán tisztára sejditheted, hogy a Nyalka után ílek, mán hogy tajigási hivatalba leledzek a lúval egyvelegest, de azír szörnyen tisztellek innét a messzi távojbúl, akkire való nízve aszt kívánom, hogy viseld egíssíggel az aran sipkát, akkit a fejedbe nyomott a norvég nemzet.[...]*

*Mer bion hallod itt kegyetlen muszkáson megy a sor. Egy esztendő úta nincs országgyülis. Ha öszszecsődítik is a kípviselőket, mesmeg kergetik haza még akkor nap. Miniszterbürbe bútt lakájok, meg főispánnak őtözött maskurák garázdálkodnak az országba. Rosszabbak ezek a kutyafejü tatárnál. A jóravaló, derik, becsületes hivatalbélieket*

---

37 Dégenfeld volt főispán lett a debreceni Új Párt szervezője. A párt nemzeti jelleggel azokat az elveket hangoztatta, amelyeket korábban a Függetlenségi és 48-as Párt, s így korábbi ellenfeleikkel egy platformra kerültek. Ezt valóban nehéz volt megértenie Bugyi Sándornak.

38 1905. november 18-án a norvég parlament Károly dán herceget hívta meg a norvég trónra, aki felvette a VII. Haakan nevet, és a norvég parlament előtt felesküdött a norvég alkotmányra.

erőszakkal kilökdösik az ajtón, oszt hummi ütött-kopott pimpelléreket ültetnek a hejjekbe.[...]

Hát mit szólsz hozzá no! Tűrnéd te esztet; vagy megtennéd te sztet? [...]

[...] újság meg a vóna hogy az öreg Erzsók egy kis tajigásnak ipp azon a napon adott iletet, mikor te a trónusra felkuporottál [...]"

Meghívja keresztapának a királyt.

„Vasárnapho egy hétig várunk rád, aut ha nem jösz megkeresztejjük, nállad nélkül.

## 1908.

### 1908. 33. aug. 16
### Bugyi Sándor és a politika

„[...] Pég hát van nékem magamho való eszem, több mint egy nímejik miniszternek. Mer én, ha egy fuhart felvállalok, tudom, hogy mit vállaltam magamra, de ezek felvállalnák még azt is, hogy a napot kimozdítytyák a rendes járásábúl, oszt utójjára belétörik a bicskájok, mer nem tuggyák, hogy kezgyenek valamihe.

Mer hát nékem hijába magaráz Debreczeny városának nemcsak a mostani három képviselője, de még a lejendő hat is, jobban konyítok én a lú víginél rám ragatt politikáho, mint amit űk kihoztak a kobakjukba a kéllégyijumbúl.

Mer amit én beszílek, annak legalább van teteje, mer én nem vágyok magasabbra, mint a lú vígihe, de akik felvállajják azt, hogy megberetvájják a napot, mer szőrős, oszt azut legalább barácscságosabb kíppel fog nízni ránk, ótán mégse csinálnak semmit, azok mán seríny felfogásom szerint alábbvalóbbak a kátránynál."

Válogatta és szerkesztette: Gellér Ferencné

## Válogatott kiadások

[SIMON István] BUGYI Sándor: Bíkekötís vagyis ereszd a hajam! Hármas história akkibe én Bugyi Sándor debreczeni tajigás, Dikics Ádám bűriparos pógártársammal, meg oszt... elmagyarázzuk ennek a nagy marha világháborúnak a... Debreczen, é. n. Hegedüs és Sándor. 171 l. 1 sztl. lev. szövegközti és egész oldalas rajzokkal. Fűzve, kiadói borítékban.

[SIMON István] BUGYI Sándor: – kóborgása égen, fődön, szárazon, vizen, pincébe, padláson, pokolba meg egyéb tisztessíges hejjeken. Ezt a nyócadik könyvemet is együtt reccsentettük – – uram űkegyelmível. Debreczen, [1924.]. Hegedüs. 160 l. szövegközti és egész oldalas rajzokkal. Fűzve, kiadói borítékban.

[SIMON István] BUGYI Sándor: Búsújjík a lú! Elíg nagy a feje, ugy-i Nyalka?! Debreczen, [1924.] Hegedüs és Sándor. 160 l. szövegközti rajzokkal. Fűzve, kiadói borítékban. Borítón: Bugyi becsületes bölcselkedise

[SIMON István] BUGYI Sándor: Én meg a lú. Családi törtínelem. Debrecen, 1902. Csokonai ny. 149 p.; Kiad. Debrecen, 1914. Csáthy F. 149 l.; Debreczen, 1920. Hegedüs és Sándor. 136 l. szövegközti rajzokkal. A borítékrajz Jeney Jenő munkája. Fűzve, kiadói borítékban.

[SIMON István] BUGYI Sándor: A lú meg én. E mán a harmadik könyv, akkibe az íletem sorjábúl néhány forint árát bele csömöszöltem. Debreczen, 1918. Hegedüs és Sándor. 152 l. A borítékrajz Jeney Jenő munkája. Szövegközti rajzokkal. Fűzve, kiadói borítékban.

[SIMON István] BUGYI Sándor: Tapasztalatok a lu viginél meg gyalogszerrel. Ebbe a kömbe a magam sorja, a lú sorja meg az magoss politika van bele gyűrve. Debrecen, 1903. Hegedüs és Sándor, 156 p. Debrecen, 1914. Csáthy F. 152 p.; Debreczen, [1920], Hegedüs és Sándor. 143 l. szövegközti rajzokkal. A borítékrajz Jeney István munkája.

©

*„Bugyi"-reklámok*

### Mihály Sámuel papírboltja[39]

„Na még ennyi embert se láttam mostanába egy rakáson, mint Mihály Sámuel bóttyába [...] magam is kírtem egy fakípet abbul, akki a hortobágyi mínest erányozza, Suba meg ojat vett, akin Matkó komám ácsorog a juh mellett.[...]

Kapkották oszt körülöttem a sok érvínyes szíp kípes lapokat, aut ki tintát, ki páppirosat, ki plajbászt vásárolt, csak elig a hozzá, hogy míg én a fakípre vártam, minditig nézett rám egy hosszuhajú festőműnyész.

Oszt ecczer csak azon veszem észre, hogy mán magam is ott vagyok a fán. Le vótam festve saját őszintén, még a balkípem is kijjebb állott a szivarvigtül.

\*\*\*

### A Füstös testvérek[40]

„Hát ahogy belípek, majd elvette a szemem finyit a sok temíntelen gyöngypamut, gumibijagozó, festíkpárna, kefetartó, asztalterítők, törölködzők, horgolóczérna, esti-rimfli, bársonyos katulya meg az a kegyetlen szíp érvínyes betük, akkit rányomkodnak a ruhaneműre, hogy asztat oszt varrja ki utána a fejircseléd sejemmel.[...]

„No elő is kerestem a kis zacskót, oszt vettem a portíkát dögivel, mer attól fíltem, hogy mán nem is hagynak belőlle a nacscságák, akik ott taposták a tyukszememet, oszt ugy igyekeztek egymás hegyin-hátán pakolni befelé a temérdek hummit. De őrült is az annyok a vásárfiának, mikor haza vittem, ugy nekem esett, hogy attul fíltem: megcsókol"

### Frank Rezső ruhaboltja

„Hát vásoroltak is ott derűre-borúra én rajtam kívül is, ki frakkot, ki farsangra való szalonnás gunyát, ki utazó meg városi bundát. Vót ojan is igaz elíg, akki ojan székej vadász ujjast kírt, akkibe nem megy

---

39  Bugyi hetenként más-más kereskedő portékáját ajánlotta, növelve ezzel az eladott lapszámot és a lap bevételét.
40  Fisch testvérek áruháza

*a víz, mint ahogy nem megy én belém se, meg oszt ojan hosszú fekete rokkot is vettek (némék úr csak megrendelte, mer rendelísre is varrja a gúnyát Frank úr) akkit Ferencz Józsinak hinak."*

## Májer Jenő fűszerüzlete

*„Na de horgyák is Májer Jenő uram ű kegyelmitűl a teát ugyancsak, meg oszt a muszkahalat is, mer nagyon érvínyes, de azonba az úri dámák meg a czukorkáit szeretik szörnyen szopogatni. Máskülönben a fejir czukorját, kávéját, fügéjtt, meg mindenféle füszerszámjait is ugy kapkoggyák, hogy nem győzné asztat meg az egísz Ázsia se, így oszt Ámerikábul is hozat, különösen rumot, egy Guba nevezetű szigetről."*

## Nagy András kistemplombazárja

*„[...] Van is nálla nyiha napján annyi kesztyű, hogy tornyot lehetne belőlle rakni, de csak addig, míg elkészül, mer aut ugy szítkapkoggyák tülle, hogy mesmeg azír vakarja a fejit, hogy van-i még szarvas a világon?...*

*De még a kesztyű csak haggyán, ha az a valami, hogy a sérvkötővel, gumilábbal, meg egyéb mindenféle hummi-egymással ugy megreparálja a hibás embert, hogy ember legyík, akki aut észreveszi a fogyatkozást.*

*Van is ű nála minden, ammit az emberi elme bűrbül meg gumibúl kifundált, oszt ojan ócsér aggya, hogy csak elhül bele az ember, de meg oszt ráadásba mond ojan vicczeket, hogy még a kopasznak is az ég felé áll tülle a haja."*

---

## ÉLETRAJZ

Gellér Ferencné Keonch Hajnalka dr. 1944. augusztus 5-én született Budapesten. Könyvtárosként dolgozott, 1996 és 2000 között a Debreceni Méliusz Könyvtár igazgatója volt, jelenleg nyugdíjas. Irodalmi munkássága során körülbelül 200 szakirodalmi írást publikált, valamint több könyvet is megjelentetett, köztük a „Élet a lú véginél" címűt 2014-ben. Férje, Gellér Ferenc építészmérnök, és együtt nevelték gyermekeiket, Gellér Farkas Ferencet és Gellér Írisz Hajnalkát.

*Hauk* Jenő

# Kezdődik a múlt

## Bevezető rész

2022. január 12-én, kedden tartotta soron következő ülését az új Nemzetbiztonsági Operatív Törzs, amelynek tizenegy tagja és négy állandó meghívottja mellett a miniszterelnök által felkért személyként részt vett Bakondi György, a miniszterelnök belbiztonsági főtanácsadója, és Szemlér Ádám, Bakondi György által a nemzetközi jogi ügyekben igénybe vett szakértő. Az ülésre pontban délután négy órakor került sor, és ezért is keltett némi izgalmat előtte két órával a belbiztonsági főtanácsadó számára, hogy hol a csudában lehet közeli munkatársa.

– Bírósági tárgyaláson van – közölte titkárnője, Kanizsai Panna.

– Mit keres ott? – kérdezte erre Bakondi.

– Ő az egyik ülnök a tanácsban – felelte a titkárnő.

És valóban, a hétfői panasznap után, kedden kezdetét vette a két vádlott, Harsona Bálint és társa emberölési ügyében a büntetőperes eljárás. A tanácsvezető bíró, dr. Szöllőssy Nagy Szabolcs mellett a két laikus ülnök, Csalóka Kázmér, az energiatudományi központ radiológiai szakértője, valamint Szemlér Ádám, Bakondi György jobbkeze foglalt helyet. Tartalék ülnökként pedig egy oldalsó széken elhelyezkedve várt készenlétben esetleges beugrására Ráma Pál, vadfőzőmester.

A tárgyalás elején az ügyész ismertette a bűncselekmény elkövetését.

– Sir Arthur Connegut, brit állampolgár 2021. november 3-án, kilépve a Fórum Hotelből, sétára indult. A 2-es villamosra felszállva a Szabadság-hídig jutott el, ahol tévesen igazította őt útba egy magyar járókelő, melynek következtében egyre nehezebb és kilátástalanabb helyzetbe került az idős férfi. Túl azon, hogy egyre veszedelmesebb alakokat látott maga körül azokon a villamosokon, amelyeket tehetetlenül és kényszerből vett igénybe, az izgalmak attól kezdődően fokozódtak fel, amikor a Madár söröző felé vitte az útja. Itt ismerkedett meg ugyanis a gyilkosságot csapattárs szinten elkövető Késmárky Tasziló Bélával, aki egészen Törökbálintig csalta el a leendő áldozatot, ahol aztán bűntársával, a fővádlott Harsona Bálinttal elvették a sértett minden pénzét és vagyontárgyát, majd pedig közös erővel földre vitték és megkötözték. Ezt követően pedig a helyi, Hősök tava néven ismert tetthelyre cipelték, ahol aztán bele is fojtották, hogy soha többé ne térhessen magához és ne is tudjon beszélni. Mert Connegut akkurátusan precíz angol úrként nagyon komoly beszédtréninget folytatott azért, hogy magyarul is megértethesse magát, és lépre csalása során a tettesek voltak is olyan előzékenyek vele szemben, hogy élesben gyakoroltatták vele a beszédtréninget.

A vád ismertetése után az ügyész életfogytiglanit kért a fővádlottra, míg bűntársára tizenöt év fegyházban letöltendő szabadságvesztést.

A védő ezután kapott szót, és mindjárt az egyik tanút idézte a bíróság elé, aki a fővádlott korábbi munkahelyi kollégája volt. Balatonfelvidéki Bence Lénárd az igazat, csakis a színtiszta igazat kívánta felhozni a bíróság előtt. Elmondta, hogy a vádlott korábban sokat dolgozott a tó idegenforgalmának fejlesztéséért, amelybe áldozatát belefojtotta.

– Engem az sem érdekel, ha a gyilkosságot lassan, óvatosan követte el – volt erre a tanácsvezető bíró reakciója.

Ez a kemény bírói reagálás a védőre is hatott, aki épp azt fűzte volna hozzá a tanú vallomásához, hogy „fő vádlott védence a gyilkosságot lelki-szellemi megerősödés közben követte el", de ezek után inkább arra utalt, hogy a szellemi keretet, a szellemi magot próbálta meg elhozni áldozatának, mielőtt végzett volna vele. A második tanú kihallgatása során pedig az is kiderült, hogy a gyilkos és segítője a beszédtréning folytatását javasolták az áldozatnak, mielőtt végleg elintézték volna. Itt tartott a tárgyalás, amikor üzenetet kapott a mobiljára Szemlér Ádám, hogy iparkodjon eljönni a tárgyalásról, mert nemsokára kezdődik az operatív törzs ülése, és addig is még két dolgot kell elintéznie.

Való igaz, hogy egy iráni delegációt kellett kalauzolnia a belvárosban, akik a főváros tömegközlekedését jöttek tanulmányozni. Velük a Ferenciek terénél szállt fel a 7-es buszra, és nagyon ügyelt arra, hogy a delegáció tagjai nehogy úgy járjanak, mint tavaly az a brit turista. A buszon természetesen mindenki maszkot viselt a Covid-járvány miatt, de több fiatal nő is –január ide vagy oda – formás melleit nemigen próbálta elfedni télikabátja által sem.

– Az arcokat már nálunk is takarják a nők is, de a melleik még kivillanhatnak – próbálta megmagyarázni a jelenséget Ádám az iráni vendégeknek.

Közben az operatív törzs ülésére sorra érkeztek a résztvevők. A belügyminiszter, a honvédelmi miniszter, a külgazdasági és külügyminiszter, valamint a pénzügyminiszter egymással körívben állva társalogtak. Tőlük kicsit távolabb a Miniszterelnöki Kormányiroda nemzeti információs államtitkára, illetve közigazgatási államtitkára, valamint az Információs Hivatal és az Alkotmányvédelmi Hivatal vezetője is beszélgetésbe elegyedett. Ugyancsak kicsit arrébb pedig a Magyar Honvédség parancsnoka, a Katonai Nemzetbiztonsági Szolgálat és a Nemzetbiztonsági Szakszolgálat vezetője, valamint a Miniszterelnöki Programirodát vezető államtitkár és a Miniszterelnökséget vezető miniszter állta körül Bakondi György belbiztonsági főtanácsadót, aki azt ecsetelte, hogy milyen nagy a migrációs nyomás.

Már csak három személy hiányzott; a miniszterelnök és a kabinetfőnöke, valamint Szemlér Ádám, aki miután végzett első feladatával és elköszönt az irániaktól, még elsietett Budics-Szlucsky Klélia nagyasszony lakására, akiről tudni érdemes, hogy az illegális bevándorlás elleni küzdelem élharcosa büszke címet viselte. Ádámnak hirtelen és váratlanul magával kellett vinnie Klélia nagyasszonyt az operatív törzs ülésére, ahol Bakondi úr be kívánta őt mutatni a miniszterelnök úrnak, aki már régóta szerette volna ezt a csodálatos asszonyt megismerni. A hatvannyolc éves Kléliát azonban időközben elbűvölte és meghódította egy Ali Nasszer Musztafa nevezetű, harminckét éves, jemeni származású illegális bevándorló, aki épp ágyba vitte őt, amikor Ádám a lakásához ért, ahonnét sok apró részlet kihallatszott. Szemlér Ádámról kevesen tudták, hogy a nyáron újabb diplomát szerzett magának, melynek következtében szociális munkásként is esküt tett, hogy mindenkin segít, akit anya szült, s hogy a rászorulókkal szembeni hatósági intézkedésekre szuperérzékenységgel reagál, és hogy értük akár az államhatalommal szemben is kiáll. Így hát mélyen hallgatott az általa tapasztaltakról, s amikor ő is megérkezett az ülésre – szinte egyszerre toppanva be a miniszterelnökkel és annak kabinetfőnökével –, az alábbit felelte Bakondi György kérdésére, mely azt firtatta, hogy „mi van a nagyasszonnyal"?

– Migrációs nyomás alatt van.

Az aznapi ülésre váratlanul meghívták Pascale Andréani francia nagykövetet is, hogy tiltakozójegyzéket nyújtsanak át neki azokért a sértésekért, amelyek a francia államfőtől hangzottak el Magyarország miniszterelnöke felé. Magát a jegyzéket egyébként a szintén a helyszínen tartózkodó Serény Bencéné, hazánk párizsi nagykövete nyújtotta át.

Ádám nehezen bírta magát türtőztetni, mert az udvariasság híve volt a diplomáciában, és amúgy meg rendkívül sokra tartotta a franciákat, ezért hirtelen felállt, hogy kiálljon a nagykövet mellett.

– Nem értek egyet ezzel a lépéssel, és ezennel le is mondok a tisztségemről.

A teremben egy pillanatra meg is állt a levegő a váratlan fejleménytől.

– Rendben van! – felelte erre a kormányfő. – Lemondását azonnal elfogadom, de még ne menjen haza, mert az ülés után beszélni akarok önnel. A megüresedett helyére pedig Nyírkosi Lőrinc vezérkari főnököt nevezem ki azonnali hatállyal.

Miután Ádám elhagyta az üléstermet, az ugyancsak távozni készülő nagykövet így szólt a többiek felé:

– Miniszterelnök úr! Azon a megbeszélésen mi is ott szeretnénk lenni, nehogy valami méltatlanság érje ezt az urat.

– Az ilyesmi nem lehetséges, de azt engedélyezem, hogy egy úgynevezett süketszobából végighallgathassa a beszélgetést. Ez megfelel?

– Igen. Ez így jó lesz.

Mintegy két óra múlva került sor a beszélgetésre, melyen a miniszterelnök sajnálkozását fejezte ki amiatt, hogy elvesztett egy jó munkatársat, de nem tehetett mást, amiért Ádám így védte a franciákat.

– Miért kedveli ennyire a franciákat?

– Az egyetlen csodálatos nép a világon.

– És Trianon? Az önnek nem számít?

– Dehogynem. A nagyhatalmak viszont már csak ilyenek. Mindegyik okozott már nekünk szívfájdalmat. Ám amíg a németek és az oroszok szomszédságba és szövetségbe kerültek velünk, ami által kibékültünk – mitöbb, össze is barátkoztunk velük –, addig a franciáknak ez nem adatott meg soha.

– Ahogyan az angoloknak és amerikaiaknak sem – fűzte hozzá a miniszterelnök.

– Nálunk a nagy többség ez utóbbiaknak bocsát meg inkább mindent, de a természet gondoskodik róla, hogy legyen olyan is, aki a franciákat választja. Velem ez történt. Nem tehetek róla. De éppen ezért a bennem feltárulkozó szeretet pont akkora erejű és mértékű irántuk, mint amekkora a negatív érzés együttesen a többmillió honfitársam szívében.

A színfalak mögött rejtőzködő Pascale Andrianit alaposan meglepték a hallottak, először nem is akart hinni a fülének.

– Ki lehet ez az ember? – kérdezte magában. – És ki hitte volna még pár órával ezelőtt, hogy nemzetünk inkább a nap nyertese lesz ma, mint a vesztese itt Budapesten?

Szemlér Ádám nem esett kétségbe a történtek miatt, és másnap már egész jó hangulatban diktált tollba titkárnőjének, Stockingerné Vági Violettának az általa vezetett jogi irodában. Közben persze javította is a hibákat.

– Nem azt mondtam, hogy annál leszek benn, hanem azt, hogy annalesekben.

Kicsit később pedig ugyancsak jeleznie kellett egy hibát.

– Nem azt mondtam, hogy egyeztetett, hanem azt, hogy kegyvesztett lett.

És a diktálás legvégére is maradt egy okítás.

– Itt is egy felesleges i van, ami teljesen megváltoztatja a mondat értelmét. Mert én a határainkon túl rekedt honfitársainkra utaltam, maga pedig, kedves Violetta, a határainkon túli, rekedt honfitársainkat gépelte ide.

Tulajdonképpen a miniszterelnök sem járt jobban sem a munkatársaival, sem pedig a médiával a következő napokban.

Régi barátja és harcostársa, Lámpás Félix a brit üzleti körökkel folytatott másnapi megbeszélésen vont ügyefogyott, idétlen párhuzamot a két ország gazdasága között, amikor a nálunk lévő nemzeti és a náluk lévő királyi munkaerőhiányra próbált utalni. Később pedig a munkaebéd utáni, a Karmelita kolostor körüli közös séta során szólta el magát szerencsétlenül, amikor ekképpen kiáltott föl;

– Kár, hogy nincsenek itt károgó varjak!

Nos, nyomban lett egy, amint e szavakat kimondta.

Bár telt-múlt az idő, ám ezalatt az élet nem állt meg egy pillanatra sem. Február 4-én, szombaton tartották Szolnokon az egyéb szolgáltatók bálját, mely napon a miniszterelnök célzott fogyasztók előtt tartott beszédében kitért arra, hogy a kormány döntött a kiskertet gereblyézők adóvisszatérítéséről. Ezt követően pedig részt vett dr. Brenner Vendel korábbi jegybankelnök temetésén, ahol Fiaskó-Diósdi Borbála kormányszóvivő tartotta a búcsúbeszédet. A gyászszertartáson, melyen Ádám is megjelent, többek között ott volt Bencze-Bíró Malvin sztárközgazdász, valamint a durva beavatkozási kísérleteiről híres egyházi vezető, dr. Schweindlinger Bálint. Az eseményről a média is tudósított Vágner-Szalay Géza, az RTL Klub, és Stichner-Kőszegi Dorottya, a közrádió munkatársa révén. Az elhunyttól szülőföldje részéről Kőrösszakál polgármestere, Pálfi Tamás köszönt el. A megemlékezésekből kiderült, hogy dr. Brenner Vendel publikált is szakmai tevékenysége során, s ilyen volt 2017-ben megjelent könyve, *Az ügyfélérdeklődés tana* című műve. Halála előtt egy-két évvel azonban már mély depresszióban szenvedett, melyről 2020-ban megjelent írása, *Az orrom félelemben él* című önvallomás tanúskodik. Mindettől függetlenül azonban az elhangzott beszédek elsősorban bankári hivatására helyezték a hangsúlyt, és a hivatalos verzió szerint „erősen globalizált tőke-mozgás közben érte őt a halál".

A temetés után Ádám beült egy közeli csendes és barátságos kávéházba Fiaskó-Diósdi Borbála kormányszóvivővel, hogy nosz-talgikus társalgásba elegyedjenek. Arról persze nem tudtak, hogy Adriani nagykövet megbízásából egy francia ügynök, ki napok óta követte Ádámot, ott liheg a nyomukban és hallja minden szavukat.

– Tudja, hogy nagyon hiányzik nekünk. És ezt a miniszterelnök úr is elismeri – kezdte a beszélgetést a szóvivő.

– Már nem nagyon érdekel ez a világ – felelte keserűen Ádám.

– Elviselhetetlen a számomra, hogy emiatt a Covid-járvány miatt oly sok mindenről le kell mondanom, és nincs a világnak egyetlen szeglete sem, ahol ne érne utol a vírus, mely örökre itt marad ezután velünk.

– Belátom, ez mindannyiunk életét megkeseríti, de hát nincs választásunk, ezt kell elfogadnunk.

– Szívesebben élnék a múltban valahol, amikor még nem volt ilyen fertőző a világ. És amúgy is elfuserált minden. Tudja, hogy milyen fakultások vannak ma már az egyetemeken? Például kölyök-kutya-kommunikációs szak, vagy a kényelmes ügyfélélmény-kiala-kítás szak, hogy mást ne mondjak hirtelen.

– Változik a világ, Ádám, s nekünk ezzel lépést kell tartanunk.

– Lehetetlen irányba változik – érvelt tovább Ádám. – Tudja, miket hordanak össze a hírekben? Az egyik bemondónő azt mondta a minap, hogy két szép személyautó ütközött tegnap hajnalban az országúton. Egy külföldi tudósító pedig, aki egy egzotikus helyről jelentkezett be, azt próbálta elhitetni velem, hogy a félszigeten gyakoriak a hasonmások. Már csak hab a tortára, hogy tavaly az év szava a *táborturnus* volt.

– Elismerem, kedves Ádám, hogy valóban sok furcsaság van, de mégis csak a hazánkról van szó.

– Annál jobban fáj az ilyesmi.

– Bevallom, pont az ilyen látásmód hiányzik most a legjobban nekünk. Nem vette észre, hogy a gyászszertartás alatt jó párszor önre meredt a miniszterelnök úr tekintete. Sok szerencsétlen emberrel van körülvéve, akiktől semmilyen jó ötletet nem remélhet. Általam üzeni, hogy szívesen venne egy látogatást öntől holnap a Karmelita kolostorban délután négy órakor. Ugye eljön hozzá?

Másnap Ádám úgy döntött, hogy elfogadja a meghívást, mert érezte, hogy abban a hatalmas politikai feszültségben, amely körbevette a kormányt és annak fejét, szükség lenne egy kis oldódásra, melyet csakis gesztusokkal lehet elérni.

– Mire gondol? Mit tegyek ez ügyben? – kérdezte őt a kormányfő.

– A napokban lehetett látni egy interjút a tévében az egyik közismert színházi rendezővel, és bizony megtört, reménytelen, kifacsart, a sors által tönkretett ember benyomását keltette bennem.

– Melyik adón volt?

– Az ellenzék egyszál tévéjén. Hol másutt is lehetett volna?

– És ki volt az?

– Felföldi Richárd. Jó, tudom, hogy mennyi kritikával lehet őt illetni – mentegetőzött Ádám, miután látta a heves indulatokat a miniszterelnök nonverbális reakcióiban.

– Bűne, hogy tagadja a nemzet, a család és a vallás értékeit, de attól még egy érzékeny, szelíd ember. A bérgyilkos nem hunyászkodik meg attól, hogy mit mond a Tízparancsolat, de ez az ember igen. Csak azok voltak nála összetörtebb emberek, akiket annak idején megkínzott a Gestapo.

– Ha érvényesülni engedném, darabjaival, rendezéseivel az én pozíciómat tenné tönkre.

– Akkor azt ne engedje, miniszterelnök úr! Viszont van más módja is a gesztusnak, az elismerésnek. Egy díj, és hozzá az életjáradék.

– Talán ezt megtehetem.

– Nem tudja megtenni.

– Miért nem?

– Mert öntől azt nem fogadná el.

– Hát akkor nincs mit tenni.

– De van.

– Éspedig?

– Ha az ellenzék vezető politikusa adná át neki itt, ezen a helyen.

– Már régóta nem vagyok beszélő viszonyban Gyertyán úrral, pláne azután, hogy minden rosszat kíván nekem.

– Tegyék félre az ellentétet erre a kis időre. Szinte bizonyos, hogy megértené ezt a helyzetet. Ha nem, akkor legyen ő az elutasító.

Másnap össze is jött a találkozó Gyertyán Ferdinánd volt és Serbán Vilmos jelenlegi miniszterelnök között egy jótékony ügy érdekében.

– Rendben van, értem a dolgot – válaszolta a kérésre Gyertyán Ferdinánd –, csak egy bökkenő van, hogy már nem én vagyok az ellenzék feje, hanem a nejem. Ha ő megfelel, akkor részünkről mehet a dolog, de azért én is itt leszek majd.

Újabb nap elteltével már le is zajlott a nem mindennapi esemény, méghozzá diszkrét körülmények között. A miniszterelnök mellett Szemlér Ádám állt, Gyertyán Ferdinánd mellett pedig felesége, Feszes Sára.

– Úgy döntöttem, hogy minden erőmet latba vetem azért, hogy ön, kedves Felföldi Richárd, méltó elismerésben részesüljön. Tegnap a japán miniszterelnökkel telefonon folytatott beszélgetésem nyomán sikerült elérnem, hogy ön megkapja a Kyoto-díjat, a legrangosabb olyan művészeti díjat, melyet nemcsak képzőművészek kaphatnak. Ennek a díjnak az összege 100 millió jen, azaz mintegy 300 millió forint. Ám tudom, hogy tőlem aligha venné át ezt a díjat, ezért hívattam ide önhöz közel álló politikusokat, hogy ezt helyettem megtegyék.

– Kedves Richárd! – vette át a szót Gertyán Ferdinánd. – Mi pedig örömmel vesszük át ezt a feladatot miniszterelnök úrtól.

A díjat Feszes Sára tartotta a kezében, és épp átadni készült pár hozzáfűzött szó kíséretében, amikor az érintett váratlanul közbeszólt:

– Nem, hagyja, hogy ő adja át nekem!

Nagy diadal volt ez Szemlér Ádám számára, és estére már jelentett is róla a francia ügynök a követségnek.

– Eljött az idő, hogy mi is felkínáljunk valamit ennek a derék fickónak – jelentette ki Pascale Adriani francia nagykövet.

Amikor Ádám másnap megjelent saját jogi irodájában, titkárnője azzal fogadta őt, hogy telefonáltak neki a francia követségről, ahol egy dokumentum vár rá, amelyért bármikor érte mehet.

– Nagyon jó! Ez azt jelenti, hogy Szervác, vagy akár Bonifác napján is átvehetjük –lelkendezett Ádám, jelezvén, hogy jókedve az egekbe szökött.

Könnyelműségének a franciák vetettek véget, amikor személyes küldönccel adták tudtára, hogy nem helyes így megváratni őket.

– Elnézést kérek – mentegetődzött Ádám Adrianival szemben –, de pár napig madarat lehetett volna velem fogatni.

– Ennek örülök – jegyezte meg a nagykövet –, és mi csak tovább szeretnénk fokozni az örömét.

– Igazán meg vagyok lepve, és nem tudom, hogy mivel érdemeltem ezt ki – szerénykedett Ádám.

– Felkeltette az érdeklődésünket, az egyszer szent, és közben mindenből jelesre vizsgázott. A jutalma az, hogy talán módunkban van teljesíteni azt a kívánságát, hogy nyugodalmasabb időkben élje le az életét. Már ami még hátravan belőle.

– Ezt nem értem.

– Utazzon Párizsba! Ott majd mindent megért – zárta le a beszélgetést a francia követ.

Szemlér Ádám ugyan könnyekkel teli szemmel hagyta el hazáját, Magyarországot, de egyszersmind izgatta a franciák által ígért lehetőség. Várakozásait még felül is múlta, hogy érkezése napján egyből Emmanuel Macron elnök hivatalába, az Élysée-palotába vitték, ahol nem is kellett sokat várakoznia a személyes találkozóra.

– Bonjour, Monsieur! – üdvözölte őt az elnök, és kezet is fogott vele. –Hallottam, hogy nagyon jól beszéli a nyelvünket, aminek igazán örülök, mert ez megkönnyíti a dolgomat –folytatta aztán Macron.

– Hallatlan megtiszteltetés ez nekem, elnök úr – szabadkozott Ádám. – Nem tudom, hogy minek köszönhetem ezt.

– Biztos, hogy megtudja, arról kezeskedem, de megkérem, hogy foglaljon helyet azon a kanapén, amíg pár dolgot elintézek még.

Ez is nagy meglepetésnek számított, hogy Macron elnök Ádám jelenlétében fogadta két miniszterét is. Elsőként Yves La Drian külügyminiszter lépett be, aki Roger Barthez, az ismert alpinista minapi halála miatt kereste fel az elnököt.

– Borzasztó, ami történt – kezdte a miniszter. – Szegény Roger már a visszavonulását tervezte, de nem számolt azzal, hogy elfogyhat az oxigénje 8700 méter felett.

– Egyszerűbb lett volna, ha inkább pókemberként a nyugdíjintézet tetejére mászott volna fel, mint a Himalájára – felelte kissé szemrehányóan Macron.

Végül abban látták mindketten az egyetlen pozitívumot, hogy legalább a természetben lelte a halálát a híres hegymászó. La Drian külügyminisztert Christophe Castaner belügyminiszter követte, Nicole Belloubet igazságügyi miniszter társaságában.

Franciaországban már jó ideje megugrottak a bűnügyi statisztikai adatok. Az egyik legdurvább arcátlan megnyilvánulás az volt, hogy miután az állam kidolgozta az árfigyelő rendszert az infláció ellen, a bűnözők ebből ötletet merítve a maguk részéről pedig kidolgozták a zárfigyelő rendszert, melynek révén országszerte megszaporodtak a betörések. De az emberölési kísérletek és bűnelkövetések száma is megnövekedett, melynek egyik velejárója az lett, hogy több addig teljesen ismeretlen és amúgy szürke alaknak számító éjjeliőr lett híres lövésből eredő sérüléseiről.

– Mi a gond, tisztelt hölgyem és uram? Mondják meg nekem őszintén! – fordult a két miniszterhez Macron elnök.

– Az a gond, elnök úr – kezdte először Castaner belügyminiszter –, hogy hiába igyekszik a bűnüldözés megfelelő ütemben kiiktatni a gyilkosokat, ha az igazságszolgáltatás túl enyhe ítéletet hoz ellenük.

– Mi csak annyi ítéletet hozhatunk, amennyi eset elénk kerül – mutatott rá ezután Belloubet miniszterasszony inkább a másik fél, a rendőrség ügyefogyottságára.

– Még jó, hogy nem azt hallom önöktől, hogy azért ilyen sikeres a bűnözés, mert a gyilkos is a küldetésére koncentrál, vagy hogy ő is felelősséggel néz a jövőbe. Mert akkor menten hanyatt vágom magam.

Végül abban állapodtak meg a tárcavezetők az elnökkel, hogy mindenképp csökkennie kell a gyilkosságok számának, főként a nagyobb vízhozamú patakok mentén és a mértékadó gázlóknál, valamint a magánparkolók számára fenntartott helyeken, illetve hogy ne jelentsen enyhítő körülményt az ítélkezés során, ha valaki a gyilkosságot Idő+ applikáció alkalmazásával követte el.

– Na, mit szól ehhez az egészhez? – kérdezte az elnök Ádámot, miután végre kettesben maradtak.

– Pont ez az, ami miatt el akarnám hagyni ezt a világot – felelte Ádám. – Ahova fejlődött. De hogyhogy az elnök úr alá tartoznak a miniszterek, és nem pedig a miniszterelnök alá?

– Úgy, hogy a minisztertanácsot, mely a kormánynál nagyobb hatalmú testület, én vezetem. A minisztereket én nevezem ki. A kormányfő csak előkészít. De visszatérve válaszára, én úgy tudtam, elsősorban a Covid-járvány miatti kötöttségek állnak a háttérben.

– Való igaz, elnök úr, de az még egy plusz adalék, hogy hova fejlődött a világ.

– Végül is egyre megy – nyugtázta Macron, majd így folytatta:

– Mint azt már többen is jelezték felém, ön igaz barátja nemzetünknek, amivel kapcsolatban egyértelmű bizonyítékok állnak rendelkezésre. Elsősorban a nagykövetünk fedezte fel önt számunkra, ami remekül illik abba az képbe, melynek révén az ön vágya és a mi ambíciónk egybecseng. Ne értse félre! Nem hátsó szándék vezérel bennünket. A véletlen hozta úgy, hogy egymás segítségére tudunk lenni.

– Mi történt? – kérdezte diszkréten Ádám.

– A Morand család tragédiájáról van szó. A lányuk, Nathalie szörnyű esete borzolta fel nálunk a kedélyeket. Amerikában történt. Floridában. Hat évvel ezelőtt. Nathalie-t fürdőzés közben érte a végzete. Bár remek úszó volt, a krokodil elől nem volt menekvés számára. Az dühített fel minket, hogy a helyi lapok nagyon cinikusan tálalták az esetet. A szülőkről azt írták, hogy az sem vigasztalta őket, hogy a vízesésnél való zuhanás után lányuk elsőként jött föl a vízből, s csak aztán a krokodil. Meg hogy nagyon meglendítő dolog volt, ahogy Nathalie-t továbblökte az áramlat. Később ugyan Trumpékkal tisztáztuk az ügyet, de az apa, Vincent Morand megfogadta, hogy ezek után valamiben túl kell szárnyaljuk az amerikaiakat. Rengeteg pénzt fektetett be a kutatásba, és ez lett az időutazásra alkalmas találmány. Eddig még senkit sem küldtünk vissza az időben, sem előre. Ön lesz a legelső, aki ennek részese lehet.

– Miért épp én? – kérdezte Ádám.

– Mert más ezt még nem érdemelte ki – felelte az elnök, majd így szólt: – Az időnk sajnos elfogyott. Örülök, hogy megismerhettem. A továbbiakban Philippe Dancourt ezredesnek adom át, aki koordinálja majd mindazt, ami történni fog.

Egy óra múlva már egy egészen más környezet várta Ádámot Párizs közelében, egy titkos katonai bázison, ahol sorra ismerte meg Dancourt ezredes legközelebbi munkatársait. Robert Mauriac professzort, a Grenoble-i Szilárdtestfizikai Kutatóintézet korábbi vezetőjét, valamint kolléganőjét, Gabrielle Colett doktornőt.

Mintegy két napig tartott, amíg a franciáknak sikerült kifürkészniük Ádám minden kívánságát.

– Azt mondja, hogy az 1980-as évekbe szeretne újra visszatérni, és ott élni. De hol? Melyik országban? – kérdezte Dancourt ezredes.

– Semmi esetre sem Magyarországon, mert nem szeretnék öszszetalálkozni magammal –felelte Ádám.

– És nem is angol nyelvterületre, ha jól vettem ki a szavaiból korábban.

– Hát igen. Magyar anyanyelvemen kívül csak németül és franciául beszélek.

– Rendben. Adunk önnek megfelelő, új személyazonosságot. Mint aki félig német, félig francia. Gárald Marcuse-Senghor lesz az új neve, de még várnia kell egy kicsit, mert nem akarjuk egyedül elengedni. Keresünk egy útitársat magának.

Francois Jodelle a rádió munkatársaként dolgozott már tizenöt éve, ahová nem volt könnyű bekerülnie azt követően, hogy az utazásszervező szakközép elvégzése után csak harmadszorra vették fel az egyetemre. Apja szerint a pincészet-borászat szakra kellett volna inkább jelentkeznie, mert az sokkal nívósabban hangzott. A rádiózás előtt, egyetemi évei alatt filmekben vállalt statisztaszerepeket, mint az *Egy sörbár szürkesége*, vagy a *Rengető rángatózás* című alkotásban. A *Romantikus átverés* című krimivel azonban pechje volt, mert a válogatásnál kiderült, hogy a stáb hét alvó embert keres, nem pedig egy hétalvót, aki ő szeretett volna lenni, mert ekkorra már túlhajszolta magát, és csak egy roppant passzív szerepet tudott volna elvállalni. És bár végül sikerült a rádiónál elhelyezkednie és önálló műsort vezetnie, de az idő múlásával egyre jobban kiégett, és már cseppnyi ambíciója sem maradt a jövőt illetően. Műsorának szlogenje, a *Mindig akció és mackó* sem csábította már a készülékek elé a hallgatókat, így napról napra egyre frusztráltabb lett. A január 27-ei adásban a *Vártam, mint a sültgalambra* című dal szerzőjével beszélgetett, amikor az ő részéről elhangzott az ominózus mondat: „aki miután elkapta, még eleget is tett a tévéreklámban elhangzó felszólításnak, hogy tudniillik, őrizd meg a markolatot". Főnökei úgy vélték, hogy ittasan vezette a műsort, mert a szünetben úgy búcsúzott el az egyik betelefonálótól, aki az aktuális vendég, Henri Troyet írótól akart autogramot kérni, hogy „Várjuk a kiadó melletti sörözőben". Visszaesett hallgatottsága miatt gázsija is csökkent, ami adósságokba hajszolta, így jól jött volna neki, ha el tud menekülni a hitelezői elől. A szerencse azonban mellé szegődött, amikor kiválasztották Szemlér Ádám társának a nagy utazáshoz.

– Irigylem azért magát – szólt Ádám felé Dancourt ezredes az indulás előtt –, hogy találkozhat majd a fiatal Julie Halard teniszezőnővel, de ne feledje, nem változtathatja meg a történelmet. Ő csakis Decugis lehet majd asszonynevén.

Ádám pedig, megfogadva az intelmeket, február 16-án besétált társával, Francois Jodell-lel az időalagútba, hogy rövidesen kezdődjék kettejük számára a múlt. Ha tudta volna, hogy pár nap múlva pusztán attól, hogy kitör az orosz–ukrán háború, egyből háttérbe szorul a Covid-járvány miatti kötöttség, talán el sem indul.

*Hollywoodi* Richie

# Az ítélet

Egy folyóparti városkában élt, cseperedett föl József és Attila. Már
általános iskolában elkezdődött a heccelődés velük szemben kereszt-
nevük miatt. József Attila. A vezetéknevük nem is vált ismertté,
még a tanár is kettesével szerette kihívni őket felelésre, csak úgy, a
keresztnevükön szólítva őket: „Na, jöjjön ki, József, Attila!".
Jó barátokká váltak, talán ebben elnevezésük is közrejátszott.
Középiskolájukat is együtt folytatták, bár ott már külön osztályba
kerültek. Iskola után ugyanúgy lejártak a folyópartra pecázni, mint
sráckorukban, nyáron pedig rengeteget fürödtek, mert az a partsza-
kasz csöndes volt, nem jártak arra hajók, motorcsónakok, bár volt
egy kikötésre alkalmas, elhagyatott stég, de ahhoz alkalmanként
mindössze egy-két csónakot kötöttek ki. Ezen a stégen lehetett az-
tán napozni, heverészni, a vízbe csobbanni, és fejest ugrani, mivel
ott már ugyancsak mély volt a folyó medre.
Érettségi környékén aztán mindketten szemet vetettek egy lányra,
aki akkortájt költözött a településre, ráadásul a part közelébe, nem
messze kedvenc fürdőhelyüktől. Erzsike örömmel vette közeledésüket,
és vizsgák után sok időt töltöttek együtt a folyóparton. Ahogy az már
lenni szokott a történelemben, elkezdődött József és Attila között egy
versengés a lány kegyeiért. Ilyen már nem egyszer fordult elő, fordul
elő és fog is még sokszor előfordulni a világban. A barátságból, közös
élményekből vetélkedő lett. Kit szeret jobban Erzsike, kivel érzi magát
jobban? Innentől kezdve már igyekeztek külön találkozni a lánnyal.
Mivel Erzsébet nem tűnt részrehajlónak, mélyebben egyik fiú sem érin-
tette meg, ezért egyáltalán nem volt ellenére hol az egyik, hol a másik
udvarlójával találkozni, moziba vagy netán egy cukrászdába beülni.
A fiúk elhelyezkedtek, átrendeződött ezáltal baráti körük is, ahogy
az már lenni szokott, és már csak egyetlen kapocs, egy közös ismerős
tartotta össze, illetve néha választotta szét őket, Józsefet és Attilát,

mégpedig Erzsike. Egyre többet vitatkoztak, nehezteltek egymásra, ha a másik látszólag némi előnyt élvezett szívük választottjánál. Ez természetesen feltűnt másoknak is a szomszédban. „Hiszen olyan jó barátok voltak – mondogatták egymásnak főleg az asszonyok –, de mióta felnőtté váltak, állandóan csak vitatkozni látni őket."

– Már azon sem csodálkoznék, ha egymásnak mennének! – motyogta egyikük fejcsóválva.

Józsiéknak ez persze eszükbe sem jutott, csak nagyon szerették volna már dűlőre vinni a dolgot. Jaj, ha tudták volna, hogy Erzsike mindössze szórakoztató barátnak tekinti őket, semmi másnak, akkor minden másként alakul! Hej, ha az a volna ott nem volna!

Egy forró nyári napon úgy döntöttek, hogy lemennek fürödni a folyópartra. Sikerült már induláskor összeveszniük, és hangosan szidva egymást bandukoltak a partra.

– Te mindig titokban, suttyomban mégy vele, és összevissza hazudozol rólam! – kiáltotta Józsi.

– Miért, talán tőled kell engedélyt kérnem? Meglásd, egyszer úgy fejen váglak, hogy amíg élsz, megemlegeted! – vágott vissza Attila.

Ezt már a kerítésen átkukucskáló szomszédasszony is hallotta. Csóválta is a fejét rendesen. Így civakodva, néha elnémulva ballagtak a folyóhoz. Nagy meleg volt, ők pedig amúgy is felhevültek a vitától, így már alig várták, hogy a folyó vize lehűtse őket. A vízszint kissé magasabb volt a megszokottnál, még nem vonult le teljesen az áradás. Attila ért elsőnek a stéghez. Szórakozottan kezébe vett egy rövid husángot és hátraszólt cimborájának:

– Na, gyere, te hősszerelmes!

József is odaért, és tetőtől talpig végigmérve, cinikus mosollyal csak annyit mondott:

– Hát, haver, nem is tudom, hogy mit eszik rajtad ez az Erzsike!

Azután előrelépett, és egy szabályos mélyfejessel a vízbe vetette magát.

– Megmutatom én neked mindjárt, hogy mit eszik rajtam Erzsike, te szájhős! – és feje fölé emelve megrázta a husángot. Senki sem láthatta, hogy közben már mosolyog, mert titokban rég lemondott egykori szerelméről, a vitákat újabban már csak a hecc kedvéért provokálta. Vízbe dobta a husángot és barátja után akart ugrani, de sehol sem látta Józsi kopasz fejét.

*Ez már megint hülyéskedik*, gondolta, de pár másodperc múlva már nyugtalankodni kezdett.

József holttestét a víz pár száz méterrel lejjebb kivetette. Halálát, ezt a végzetes balesetet egy uszadékfa okozta a víz felszíne alatt, melybe fejjel beleugorva azonnal eszméletét vesztette, majd mivel az ütés olyan helyen érte egy kiálló görcs által, meghalt. Attila meggyőződése is az volt, hogy valamibe beleugorhatott, és ez okozta szörnyű halálát.

A bíróság másképp látta. Egy tanú látta és hallotta, hogy vitatkozva mentek, sőt állította, hogy az alperes azzal fenyegette meg az elhunytat, hogy fejen vágja. Másik szemtanú látta, amikor Attila egy husánggal a kezében közeledett József felé a stégen. Vitáikat, veszekedéseiket még Erzsike is tanúsította. A tanúk és szemtanúk egyhangú vallomása, valamint a halált okozó, fejre mért ütés ténye döntő bizonyítékul szolgált Attila minden kétségbeesett tiltakozása ellenére. Hat év szabadságvesztésre ítélték.

Hat év alatt sok minden történt a városkában. A fiatalok nem tudtak az ügyről, a tanúk közül az egyik már elhunyt, mások által pedig feledésbe merült ez az esemény. Új üzletek nyíltak, régiek bezártak, akadtak többen is, akik a városba költöztek, és jöttek a városból is ide lakni, csendre, nyugalomra vágyva. Attila édesanyja maradt, és fia is ide érkezett vissza, amikor büntetését letöltötte. Szerencsére közeli munkahelyén szívesen foglalkoztatták; valahogy sohasem hitték, hogy Attila megölte volna a barátját, a munkájával pedig nagyon elégedettek voltak mindig is.

A stég megmaradt, és egy nyári napon Attila lement fürödni. Nem gondolt már a múltra, sem Erzsikére, sem Józsefre, és az igazságtalan ítéleten is sikerült már túltennie magát. Egy-két gyerek lubickolt a vízparton, és egy idősebb férfi állt csak a stégen vállait paskolgatva. Amikor Attila odaért, látta, hogy a férfi a stég szélére állva, lábait kissé berogyasztva éppen fejest ugrani készül.

– Uram, ne tegye! Hé, azonnal hagyja abba! – üvöltött rá. Az illető ijedt arccal megfordult, és hosszú másodpercekig nézték egymást.

– Tudja, a barátom úgy halt meg, hogy innen fejest ugorva bele-
ugrott egy uszadékfába! Nekem akkor nem hittek, de ez az igazság.
Vigyázzon magára!

Aztán megismerték egymást. A férfi az egykori bíró volt, Attila
pedig az elítélt.

Pár nap múlva a postás tetemes összeget kézbesített a megle-
pődött Attilának. Az *üzenet* rubrikában egyetlen szó volt csupán:
„Bocsánat".

## ÉLETRAJZ

Hollywoodi Richie, alias Kónya István régebben zenélt, majd új-
ságíróként is dolgozott. Jelenleg képzőművészettel és írással foglal-
kozik. Egy könyve, valamint novellája már megjelent az Irodalmi
koktél kiadónál, és természetesen tervezi újabb írásainak kiadását is.

*Izsó* Antal

# Egyedül az éjszakában Belzebubbal

Arra ébredt fel, hogy a szél csapkodja a nyitva hagyott ablaktáblákat. Még fektében kinyújtott bal kezével megkereste az ágy melletti éjjeliszekrény közepén elhelyezett lámpa kapcsolóját. Miután lenyomta a gombot, a szoba egyik felét fény borította be. Egyszeriben láthatóvá váltak a lengő, a keretekhez ütődő ablaktáblák, melyek hangosan oly erővel csapódtak oda, hogy attól lehetett tartani, kitörik belőlük az üveg. A függönyök, mint valami mesebeli szörnyek, úgy szálltak a levegőben.

Nehezen szánta rá magát, hogy felüljön az ágyban, de végül megtette, mert a kinti vihar csak most kezdett igazán tombolni. Hirtelen, dörgések, villámlások kíséretében, megjelentek az első nagy kövér esőcseppek, majd néhány pillanat múlva eleredt az eső. Most már valóban igyekeznie kellett, ha azt akarta, hogy elkerülje, hogy a víz beverjen a nyitott ablakokon keresztül. Ahhoz, hogy az ablakokhoz hozzáférjen, meg kellett kerülnie az ágyat. Ez a néhány másodperc tétovázásnyi idő a viharnak éppen elegendő volt ahhoz, hogy szinte a szoba padlózatának egyik fele máris vízben álljon. Végre-valahára mégis elérte az ablakokat. Az ágyhoz legközelebb esővel kezdte meg a nem is olyan könnyű műveletet. Dacolva az erős széllökésekkel, az egyik ablakszárnyat behajtotta, majd annak keretét egyik kezével nyomva tartva másik kezével a másik ablakszárnyat ráhajtotta az előbbire. Végül már csak a kilincset kellett elfordítania, és az ablak zárva volt. Ezután egy nagyot szusszant; legszívesebben most tartott volna egy kis pihenőt, mielőtt hozzáfog a másodikhoz. A már bezárt ablaktáblákon viszont olyan hangosan, oly nagy erővel kopogtak a valóságos folyammá dagadt esőcseppek, hogy folytatnia kellett a megkezdett műveletet. Amikor már a második ablakot is sikerült bezárnia, csupán ekkor engedhetett meg maga számára egy kis szünetet. A rövid művelet nagyon kifárasztotta.

*Lehet, hogy Tamásnénak igaza van, és ideje volna elmenni a doktorhoz egy nagy kontrollt megcsináltatni?*, gondolt vissza a beszélgetésre, melyet néhány napja folytatott le ezzel a bizonyos Tamásnéval.

Kezét tétován kinyújtotta az éjjeliszekrény irányába, de félúton megállt, hezitált, majd ismét, ezúttal határozott mozdulattal nyúlt a szekrényke felé. Kinyitotta, valamit keresett benne. Miután kezét kihúzta, markában egy doboz cigarettát tartott. Kivett egy szálat, a szekrényen fekvő öngyújtót felemelve a szájába vett cigaretta végét meggyújtotta, és egy jólesőt szippantott belőle. Ekkor ismét Tamásné jutott az eszébe, aki egészségügyi jótanácsokkal látta el, melynek során nyomatékosan javasolta neki, hogy hagyjon fel a dohányzással.

Kinézett az ablakon. Már kezdett világosodni. Az eső még jócskán áztatta a kert virágait és fáit.

– Már ideje lenne, hogy elálljon – dünnyögte maga elé. *Most az eső miatt nem tudom kinyitni az ablakokat, és a dohányfüst beleeszi magát mindenbe. Na persze, oly mindegy. Ilonka már nem veszekszik velem miatta.*

Ilonka, a felesége már két hónapja, hogy eltűnt, nyoma veszett. A róla fellelhető utolsó nyomok egy bevásárlóközpontba vezettek. Oda azért ment, hogy ott vegyen meg különböző dolgokat, melyeknek szaküzletei egyébként különböző helyeken, néha egymástól messze voltak találhatóak, itt viszont egy közös fedél alatt, szinte egymás mellett karnyújtásra sorakoztak.

E gondolatok nyomán elérzékenyült, már-már elsírta magát, de aztán az utolsó pillanatban visszatartotta feltolulni készülő könnyeit. Elővette zsebkendőjét, kifújta orrát és kiment a konyhába. A konyhaszekrény második polca alatt volt egy titkos rejtekhelye. Itt tartotta a titokban vásárolt szeszesitalt, melyet felesége elől itt rejtett el, és suttyomban kortyolgatott belőle, amikor tiszta volt a levegő, és nem kellett tartania attól, hogy lebukik felesége kutató szemei előtt.

Kinyitotta a szekrényt, keze avatott mozdulatokkal talált rá az elrejtett üvegre. Kivette a szekrényből, kerített magának egy vizespoharat, és abba töltött a palack tartalmából. Szájához emelte a poharat. A nem szokványos ízű ital, a nem éppen férfias Cointreau narancslikőr kellemes íze egész szájüregét betöltötte, jellegzetes ízt hagyva maga után. Nem is nyelte le azonnal, még egy ideig tartogatta szájában, ízlelgette a nemes italt, majd csak ezután engedte le lassan a torkán. Érezte, hogy milyen kellemesen cirógatja, bizsergeti nyelőcsöve falát, és ez a jóleső melegség egész belsőjén végigvonul, amíg az ital eléri gyomrát.

– Ah, ez jólesett – szólalt meg hangosan, majd csettintve nyelvével még nagyobb nyomatékot adott annak, hogy elégedettségét kifejezze.

– Ó, istenem, mennyivel kellemesebb így, nyugodtan, kapkodás nélkül, félelem nélkül meginni ezt a pohárkát, hogy Ilonka számonkérő tekintetét érezném magamon – sóhajtotta.

– Ilonkám, mondd, hol bujkálsz? Mi végre ez a játék? – szólongatta, eltűnt feleségéhez címezve kérdéseit. Kérdések, melyeket már oly sokszor feltett, de feleletet sem akkor, sem most nem kapott rájuk.

Miután elfogyasztotta az italt, visszament a hálószobába, és kinézve az ablakon látta, hogy az eső már elállt. Az utcai lámpa kékes, vibráló fénye megvilágította a nagy cseppektől elnehezült orgonabokrokat a kerítésnél. Visszafordulva ránézett az órájára: hajnali négy múlt néhány perccel. Már világosodott. Kinyitotta az egyik ablakot, a friss levegő csak úgy zúdult be a szobába.

Tétován megállt. Nem is tudta, mihez kezdjen. Ahhoz már későnek érezte az időt, hogy visszafeküdjön, de fennmaradni sem volt túl nagy kedve. Olvasni sem akart. A nyitott ablakon keresztül továbbra is hűvös hajnali levegő áramlott be a szoba belsejébe. Ő még mindig pizsamában. Hirtelen egész testében megborzongott, keresnie kellett valami melegebb ruhadarabot, hogy ne fázzon. Arra is gondolt, hogy talán ismét meg kellene keresni azt a Cointreau-s üveget, de aztán elszégyellte magát, hogy ilyen gondolat felmerült benne, még úgy is, hogy a felesége nem is volt jelen.

Gondolatai most ismét más irányba kalandoztak el. A múlt hónapban történt kellemetlen afférjára gondolt a szomszéd házban lakó tulajdonossal, egy bizonyos Kalmár úrral. Egy valójában jelentéktelennek látszó megjegyzésből kiindulva komoly összeszólalkozásba, majd veszekedésbe torkolló ügy miatt kölcsönösen megharagudtak egymásra. Annak ellenére, hogy szomszédok és jó ismerősök is voltak régóta, ez az ügy annyira elfajult közöttük, hogy amióta ez megtörtént, azóta még nem is köszönnek egymásnak. Amikor találkoznak, fejüket kölcsönösen elfordítják, még véletlenül sem néznek egymásra. Ő már-már arra gondolt, hogy Kalmár úrral csak a túlvilágon tudna közeledést, netán, uram bocsá', békülést elképzelni. Azóta, ha olykor mégis összefutnak, abban versengenek, ki tudja a másikkal szemben jobban kinyilvánítani ellenszenvét.

A hálószobát eddig megvilágító éjjeli lámpát most eloltotta. A szoba még félig sötétben volt. Ekkor az egyik sarokból mocorgás hallatszott, majd nyomában egy világító szempár jelent meg. A sarok irányába nézett, majd hívó hangon megszólalt:

– Belzebub, gyere elő! Tudom, hogy te vagy az!

A felszólításra egy miákolás volt a válasz. Az első miákolást követte egy második, majd egy harmadik, végül aztán csak előbújt a hang tulajdonosa, Belzebub, egy éjfekete színű, fiatal kandúrmacska. Lassú léptekkel odament gazdájához, lábaihoz dörgölődzött, majd leült és várta, hogy megkapja reggelijét, bár ilyen korán még sohasem kérte.

Ismét kiment a konyhába, hogy Belzebubnak keressen valami reggelire valót. Ekkorra az álmosság már teljesen kiment a szeméből. Mialatt Belzebub számára keresett falatokat, bekapcsolta a szekrény sarkán álló rádiót. Utána azonban el is feledkezett róla. Néhány perc múltán eszébe jutott, hogy ugyan bekapcsolta, de az nem szól. Most közelebbről is megvizsgálta a régi, ütött-kopott készüléket. Gombjait ide-oda forgatta – mindhiába, csak halk sípolás hallatszott ki belőle. Több próbálkozás után végleg lemondott arról, hogy valaha is megszólaltassa a rádiót. Miután ellátta ennivalóval a macskát, kinyitotta a konyhából a teraszra nyíló ajtót, majd ezután az üveges teraszajtót is, amely közvetlenül a kertbe vezetett.

Kint a szabad levegőn még meglehetősen hűvös volt. A hajnali csípősség miatt a korábban felvett háziköntös szárnyait erősebben fogta össze, és közben mélyeket szippantott a friss levegőből. Kinézve az utcai fronton levő léckerítés rései közt hangokat hallott.

Valahol messze kiáltások hallatszottak. A kerítés előtt most futó léptek dobogása verte fel a hajnali csendet.

*Furcsa,* gondolta magában. *Nem szoktak emberek járni ilyen korán az utcán.* Kíváncsisága nem hagyta békén. Közelebb ment a kerítéshez. Ismét kinézett. Az utcán emberek kisebb-nagyobb csoportjai közeledtek. Valamit kiabáltak, de hangjukat elvitte a szél. Most egy öttagú csoport fordult be a sarkon, és egész közel haladt el a kerítés mellett. Ők is kiáltoztak. Az ő hangjukat már tisztán hallotta.

– Meneküljünk! Kitört a háború, jaj nekünk! – hangzott a vészjósló kiáltás.

A riadalom és a kiabálás hallatán egész testében megdermedt. Torka elszorult, mintha fagyos kéz ujjai szorították volna össze. Visszament a konyhába, ismét megpróbálta bekapcsolni a rádiót hírek után keresve, de ezúttal is néma maradt a készülék. A bizonytalanság érzése egészen megrémítette. Szabályos pánik vett erőt rajta. Minden tagjában reszketett, nem tudta, mitévő legyen. Ismét eltűnt feleségére gondolt.

*Ilonkám, vajon most merre járhatsz? Miért nem vagy mellettem? Ketten könnyebben viselnénk el még a legrosszabbat is!* Erre a gondolatra még jobban kezdett aggódni, kiverte a víz, hányinger kerülgette. Tehetetlenül fel s alá járkált ismét az udvaron a szabadban. Felnézett az égre, és gyanakvóan vizsgálta, mitől lesz olyan egyre nagyobb, élesebb világosság. Éppen ebben a pillanatban vakító fény borította be a teljes égboltozatot. Ekkor neki is fény gyúlt az agyában és ráeszmélt, hogy mi is történt. A hirtelen támadt éles fény, amit látott, atomvillanás...

Atomháború tört ki, és valahol, nem tudni milyen távolságban, atombomba-robbanás történt, ennek a fénye volt a villanás.

Ahogy még katonai képzés idején tanulta, az atomvillanás utáni első teendő, hogy az ember arccal a földre vesse magát. Ő is így tett. Néhány percig így maradt, ugyanis ekkor a fény olyan erős, hogy az elővigyázatlan személy akár rögtön meg is vakulhat. Ezután kis idő elteltével óvatosan, még mindig a földre lapulva fölfelé nézett. Ekkor a magasban meglátta a lassan felszálló, a robbanás utáni jellegzetes, gombafej alakú atomfelhőt.

Emlékezett rá, hogy azt tanították a katonai kiképzés során, hogy a felszálló felhő gyilkos, sugárzó tartalmát körülbelül tizenöt percig képes magában tartani, de utána csapadék formájában megszabadul súlyos, pusztító terhétől.

*Most gyorsan cselekedni kell. Mindenekelőtt le kell zuhanyozni, minden rajtam levő ruhát műanyag zacskóba tenni, lezárni a zacskót, és megsemmisíteni* – zúgtak a gondolatok az agyában.

És ekkor megindult a versenyfutás az idővel, és egyben a halállal. Ebben a helyzetben az „aki időt nyer, életet nyer" mondás annyira igaz volt, mint még soha.

Az volt a szerencséje, hogy a robbanás epicentruma valószínűleg legalább 10-15 km-rel távolabb volt. Ennek köszönhetően a lökőhullám az ő házát csak annyiban károsította meg, hogy minden ablaka kitört, de az épület maga nem omlott össze. Berontott a fürdőszobába, és aggódva megengedte a csapot. Szerencsére még volt vízszolgáltatás, sőt még a meleg víz is folyt. Gyors egymásutánban szinte letépte magáról a ruhadarabokat. Egy nagy műanyag tasakba gyűrt mindent, majd félretette azt, hogy majd később elégeti az egész csomagot. Arra gondolt, hogy egyetlen gyógyszerét sem vette be, pedig a szívre és a vérnyomásra ható tabletták nagyon fontosak lettek volna.

Már a zuhanyrózsa alatt állva, a testére folyó meleg víz testileg és lelkileg egyaránt megnyugtatta. A történtek ugyan még elevenen éltek emlékezetében, de pánikfélelme megszűnt, és valami különös, halálközeli állapotot idéző ellazulás kerítette hatalmába. Kilépett a zuhanyfülkéből, megtörölközött. Attól, hogy teste megtisztult, kellemes érzés töltötte el, ugyanakkor meglepődve tapasztalta, hogy milyen fáradt és álmos. Felvette háziköntösét, és átment a hálószobába. Ekkorra már minden maradék ereje elszállt. A mellette lévő ágyra pillantott, amely szinte húzta magához. Holtfáradtan lerogyott a szélére, szeme becsukódott, a külvilág megszűnt létezni számára, és mély álomba merült.

Arra ébredt fel, hogy valaki kopog az ajtón. Hallotta a kopogásokat. Kábán felhúzta magát az ágyon, tekintetét a bejáratra szegezte, és erőtlen, elgyengült hangon kiszólt:

– Ki vagy? Gyere, lépj be!

Az ajtó kinyílt, és az ajtónyílásban felesége alakját pillantotta meg, aki befelé, feléje jött, és közben mosolygott. Amikor már egész közel ért hozzá, megszólalt:

– Gyuszikám, ne haragudj, hogy ilyen sokáig megvárakoztattalak, de nagyon hosszú volt az üzletben a pénztár előtt a várakozók sora. Kárpótlásul hoztam neked valamit – mondta, majd e szavak után belenyúlt a bevásárlókosarába, és kihúzott onnan egy üveget.

– Na, mondd csak, Gyuszikám, kitalálod-e, hogy mi van ebben az üvegben?

A férfi, akit a nő Gyuszinak nevezett, csak bambán, üveges tekintettel nézett feleségére, aki most hirtelen megkerült, és úgy viselkedik, mintha semmi sem történt volna: ő nem tűnt volna el, az atomháború nem tört volna ki.

– Nos, idenézz, apukám – szólt ismét a nő férjének, azzal kezében felmutatott neki egy üveg Cointreau-t.

– Ezt idd, és többé nem kell már eldugni a szekrény második polca alá – tette még hozzá nevetve.

Férje továbbra is hebegve csak annyit nyögött ki:

– Akkor te nem is tűntél el? És nincs is atomháború?

– Micsoda? Miket hordasz itt össze? Valami rosszat álmodhattál. De most már ideje, hogy felkelj, mert a tisztítóból el kell hoznod a kabátomat. Ez az utolsó nap, amikor még nem kell fizetni a tárolásáért.

Férje még a nehéz álom hatása alatt, de már cselekvésre készen, lassan felkelt az ágyból. Odament a fogashoz, engedelmesen vette a kabátját és elindult kifelé, hogy a tisztítóba menjen. Alighogy kilépett az utcára, szerencsétlenségére Kalmár úrba, haragosába botlott. Amint testközelbe ért vele, tekintetét ezúttal nem fordította el. Megállt előtte, bátran szomszédja szemébe nézett, és harsány hangon e szavakkal fordult hozzá:

– Üdvözlöm, drága Kalmár úr! Ugye milyen furcsa az élet, ennek ellenére mégis milyen szép? Nem gondolja? – kérdezte tőle, majd mosolyogva tovább folytatta útját. A kővé dermedt Kalmár úr meg szótlanul, kitátott szájjal, kikerekedett szemekkel még sokáig követte tovatűnő alakját mindaddig, míg látható volt. Utoljára már csak egy kis pontnak látszott, mielőtt végleg eltűnt, de hátában még mindig Kalmár úr értetlen tekintetével...

## ÉLETRAJZ

Izsó Antal 1947-ben született Budapesten. Írni csak későn, 2009-ben, nyugdíjba vonulása után kezdett; akkor, amikor mások általában abba szokták hagyni e tevékenységet. Az írás során a „még nem késtünk le semmiről" mottó vezette, és ma is ez inspirálja. Az első életrajzi történetek után fikciós történetek is sorban születtek, és azóta is töretlenül szenvedélyének, az írásnak szenteli szabadideje nagyobbik felét. Az itt szereplő novellája egyben az első nyomtatásban megjelent, és nyilvánosan közölt írása.

*J. M. Kolett*

# Play, pause, rewind[1]

Vass Rita egy hétköznapi fiatal felnőttként élte az életét. Közepe-
sen magas, edzett testfelépítésű, karcsú, homokóra alkatú nő volt.
Hosszú, egyenes, szőkésbarna haját télen kiengedve, nyáron, illetve
sportoláskor hosszú lófarokba kötve hordta. Szemei piszkosbarna
színűek és enyhén mandulavágásúak voltak keskeny, félkör alakú
szemöldöke alatt. Hosszú orrnyerge kecsesen pihent vékony, pöttöm
ajkai felett. Ovális fejformáján természetellenesnek hatott pufók
arca, amelyet néhol szeplők borítottak.

Rita szerette az aktuális divatot, és a szettje minden esetben
tökéletesen passzolt, a személyiségétől kezdve a sminkjén át a kör-
mei színéig. Dallamos hangja kellemesen szólt, pattogó járása pedig
életerőt és magabiztosságot sugárzott. Kedvelte a piros, rózsaszín
és fehér színeket, míg a barna, a lila és a zöld kifejezetten irritál-
ták. Jellemzően pop, retro és elektronikus zenéket hallgatott, de a
hiphoptól felállt a szőr a hátán. Szeretett sportolni, videojátékozni,
gitározni és wellnessezni, viszont ki nem állhatta a hímzést vagy a
festést. Rita legfőbb jellemzőivé tartozott, hogy kifejezetten tiszta-
ságmániás volt, ambiciózus és maximalista. Minden álma az volt,
mint a legtöbb embernek: mesésen gazdagnak lenni. Ehhez jól pá-
rosult a karrierista énje. Nem vágyott túlzottan gyerekre, ellenben
mindene volt a munkája, amit zömmel olyan kiválóan végzett, hogy
valamennyivel mindig többet keresett azoknál, akikkel egy szinten
helyezkedett el. Amikor elszegődött az első munkahelyére, a város
egyetlen kórházába, a létra legalsó fokáról kezdte, gyakornokként.
Lelkesen rendezgette a kórházi ágyakat, takarította a közös helyi-
ségeket, szolgált fel ételeket a betegeknek, vagy éppen barátkozott a

---

1 Játszd le, szüneteltesd, tekerd vissza

különböző rangú kollégákkal és a napról napra változó összetételű pacientúrával. Emellett fokozatosan ismerkedett magával a kórház épületével és az orvosi felszereltségével. Egy-egy fárasztó nap után hazatért az otthonába kiscicájához, Csizmás Kandúrhoz, és lakótársához, Székely Zolihoz.

Egy egyszerű, kis alapterületű családi házban éltek, két egy ágyas hálószobával, egy apró fürdőszobával, és egy nappalival egybekötött konyhával. A házat csak a legalapvetőbb, legszükségesebb, és sok esetben a legolcsóbb bútorokkal és elektronikai eszközökkel rendezték be, miután a két fiatal szinte minden megtakarítása a ház megvásárlására ment el. Mind a kettőjüknek hosszú távú, fix állást kellett találniuk, hogy elkezdhessenek újra gyűjteni, ki-ki a maga céljaira.

Székely Zoli Rita gimis évfolyamtársa volt. Azonban míg Rita orvosnak tanult, addig Zolit a közgazdász pálya érdekelte. A két fiatal ugyan együtt élt, és magukhoz vettek egy kis kandúrt, de szoros barátságon túl nem volt köztük több. Az együttélésük első időszakában a két fiatal csak és kizárólag a munkára és a mihamarabbi előléptetésre fókuszált. Rita gyorsan haladt előre a ranglétrán. Elszántságának, logikus gondolkodásának és annak köszönhetően, hogy a munkában mindig fókuszált volt, gyorsan elérte az orvosi asszisztens szintet. Egyre többet foglalkozhatott a betegekkel, fokozatosan több vizsgálatot folytathatott le, majd részt vehetett a páciensek kezelésében is. Szabadidejében jógázott, kocogott, játszott a számítógépén, és foglalkozott Csizmás Kandúrral, aki pillanatok alatt apró kiscicából egy jókora szőrgombóccá nőtte ki magát. A kandúr imádott emberek társaságában lenni, nagyokat aludni, és tetőtől talpig átvizsgálni a ház valamennyi szegletét. Rita és Zoli a végtelenségig ragaszkodtak hozzá. Felváltva jártak a nyomában, hogy megöleljék, megpusziljak, jól megsimogassák, esetleg megfésüljék a szőrét, vagy megkínálják jutalomfalatokkal. Rosszabb napjukon kiöntötték neki a szívüket, amitől egy csapásra helyrejött a lelki állapotuk. Lelkesen fotózgatták különböző pózokban és töltötték fel a közösségi oldalakra. Egyik alkalommal, amikor a cica súlyosan lebetegedett, nagyjából fél napot töltöttek el együtt a közeli állatkórházban, majd egy igen drága kezelést voltak kénytelenek kifizetni azért, hogy a cica teljesen felgyógyuljon. Azóta ilyen probléma szerencsére nem fordult elő.

Amikor éppen Rita és Zoli sem dolgozott, igyekeztek közös programot szervezni. Volt, hogy elmentek közösen konditerembe, hogy ernyedt izmaikat megdolgoztassák a különböző gépeken, vagy éppen a medencében ússzanak le pár hosszt. Többször tartottak wellness-napokat, amikor a szaunaszeánszon át a svéd masszázson keresztül a levendulás fürdőig kipróbáltak mindent, ami a feltétlen lazuláshoz szükséges. Voltak olyan napok is, amikor meghívták magukhoz szomszédaikat vagy kollégáikat, hogy jól kipanaszkodják nekik magukat, esetleg együtt ellátogassanak a helyi szórakozóhelyre, ahol akár reggelig rázták a rongyot. Nem utolsósorban pedig előfordult az is, hogy egész nap pizsamában ténferegve lustálkodtak, tévét nézve, zenét hallgatva, olvasva, netezve, játszva vagy éppen társasjátékozva.

Rita és Zoli egyre jobban megismerték egymást, egyre több időt töltöttek el együtt, mire Rita legnagyobb meglepetésére Zoli egyik pillanatról a másikra érdeklődni kezdett iránta. Először csak kedvesen dicsérgette a külsejét, az öltözetét, esetleg flörtölt vele. Később kisebb ajándékokkal lepte meg, sőt, az egyik nap odáig merészkedett, hogy megkérdezte, van-e valakije, és bevallotta neki, hogy vonzódik hozzá. Az első randi alkalmából Zoli a városi parkba vitte el őt egy romantikus sétára a naplementében. Megtörtént az első csók, végül a randi az otthon biztonságában, az ágyban végződött. Pár nappal később jött az újabb lépcsőfok: Zoli megkérdezte Ritát, hogy lenne-e a barátnője, mire a lány igennel válaszolt. A páros a fellegekben járt a boldogságtól.

Ezt az idillikus állapotot Rita részéről egy kemény, túlórákkal és zéró énidővel jellemezhető időszak követte. A munkaideje sztenderden 10 óra volt naponta, amire kevésbé hatékony napjain még plusz két óra túlóra is rárakódott. Ez többnyire akkor fordult elő, amikor nem sikerült a napi feladatait időben befejeznie, mert napközben elvették az idejét a plusz munkák. Például egy-egy beteg, aki házhoz hívta őt, esetleg egy kétségbeesett kismama, akinek azonnali műtétre volt szüksége, hogy világra jöhessen a gyermeke, vagy egyszerűen csak az a tény, hogy a kórház aznap létszámhiánnyal küszködött, így a legalapvetőbb feladatokat is neki kellett elvégeznie ahhoz, hogy haladni tudjon a saját munkájával. Ennek ellenére borzasztóan élvezte, amit csinált. Napról napra újabb betegekkel ismerkedett meg, akik a legkülönbözőbb tüneteket produkálták. Rita azok közé tartozott, akik a biztosabb diagnózis érdekében inkább minden szükséges vizsgálatot végrehajtottak, az alapvetőktől kezdve a laboreredményeken át akár az MR-ig. Amint garantált volt a beteg diagnózisa, vagy legalábbis Rita tapasztalata alapján bátran el tudta dönteni, hogy a páciens tünetegyüttese milyen kór vagy betegség felé húz inkább, elrendelte a megfelelő gyógyszeres kezelést vagy egyéb beavatkozást. Amikor már elérte a sebész szintet, a betegek műtétjeinek a levezetését is rábízták, amire rendkívül büszke volt. Ugyanakkor a megfelelő diagnózis felállítása sokszor nem volt egyszerű. Számos olyan eset maradt meg az emlékezetében, amikor a páciens tünetei alapján két, vagy akár három különböző diagnózis is ráillett a kórelőzményére, és csupán a beteg egy apró mozzanata, vagy egy utolsó pillanatban elvégzett vizsgálata közben megfigyelt rendellenesség döntött aközött, hogy Rita a megfelelő diagnózis mellett tegye le a voksát.

Múltak a napok és teltek az évszakok. Jöttek-mentek az ünnepek is. Egyik pillanatban Rita tökökkel díszítette a ház különböző szegleteit, a másikban már javában készült a karácsonyi vacsorára, miközben odakint Zoli hóembert épített és hóangyalt varázsolt a friss hótakaróba. Aztán a szilveszteri visszaszámlálás és fogadalomtétel után lassan lekerültek a karácsonyi égők a házról, majd a karácsonyfa is eltűnt a családi fészekből. Zoli és Rita pedig egy fantasztikus randival ünnepelték az első közös Valentin-napot. Mire eljött a tavasz, Zoli már szenior menedzser volt, és otthon, a szabadidejében is szorgalmasan írta a jelentéseket, míg Rita a kórházban túlórázott. Egyre többször értek haza mind a ketten túlhajtva és stresszesen, amin csak egy forró fürdő, egy hangos panaszáradat vagy egy hosszú sakkjátszma segített, ami egyben a logikus gondolkodásukat is fejlesztette. Szép időben kivettek pár nap szabadságot és leutaztak a tengerpartra, hogy ott engedjék ki a fáradt gőzt. Rita ilyenkor rengeteget volt a napon. Napfürdőzött benn a tengerben matracon, vagy kint a parton, a napágyakon. Esetenként homokvárat épített, vagy csak háton lebegett a mélykék tengerben. Rita rendszerint minden ilyen alkalommal leégett. Zoli pedig búvárkodott, delfinekkel úszott, jetski-t vezetett és kipróbálta a horgászatot. Egyik nyaralásuk alkalmával még egy celebbel is sikerült összefutniuk, egy helyi filmsztárral, akitől nem csak autogramot szereztek, de egy közös szelfire is rá tudták venni. Aztán a nyaralásuk utolsó, csillagfényes estéjén Zoli a tengerparton sétált Ritával, amikor letérdelt elé és megkérte a kezét. Rita ismét igennel felelt.

Ezután a jegyespár újfent belevetette magát a munkába. Zolit már CEO-vá léptették elő a cégénél, így a napja java részében ügyfelekkel tárgyalt, de Rita is arra várt, hogy elérhesse karrierje csúcspontját, és a város legfiatalabb kórházigazgatója lehessen. Jó pár érdekes eset után végül teljesült a kívánsága, és Rita azzal a megnyugtató tudattal siethetett haza Zolihoz és Csizmás Kandúrhoz, hogy ez volt az utolsó napja, amikor látástól vakulásig kellett tepernie a munkahelyén. Az új munkakörében heti négy napot dolgozott napi 10 órában, és annyit keresett egy nap, mint a karrierje kezdetén egy hónapban. Soha többet nem kellett aggódniuk a pénz miatt. Ezen felbuzdulva Rita és Zoli nekikezdtek az építkezésnek. Miután most már volt elegendő megtakarítgásk rá, úgy döntöttek, hogy a jelenleginél jóval nagyobb, modernebb, emeletes luxuskéglit építenek maguknak saját kerttel, napozóterasszal, pici tóval, fedett pezsgőfürdővel, külső medencével és kinti grillezési lehetőséggel. Sőt, elhatározták, hogy kialakítanak egy moziszobát, egy bárszobát, és egy kondiszobát is. Mivel egyikük sem tervezett gyerekkel, gondolkoztak azon, hogy az időközben kiöregedett kandúrjuk mellé örökbe fogadnak egy másik állatot is, akár egy új kiscicát, esetleg egy kiskutyát, és neki is berendeznek egy külön szobát. Emellett szervezték az esküvőjüket is, amire a nyár folyamán szenteltek időt. Viszonylag szűk körben, szomszédaik és kollégáik jelenlétében tartották meg a meghitt szertartást pontosan ugyanott, a tengerparton, ahol Zoli

Rita kezét is megkérte. Ez praktikus volt, mert egyben a nászutat is letudták egyhelyben.

Aztán Rita az egyik nap kitalálta, hogy megtanul főzni. Eddig mindennap kiszállíttatták maguknak az ételeket, esetleg pizzát rendeltek vagy mirelit kaját melegítettek maguknak, de ezt Rita megelégelte. Mióta elérte a ranglétra tetejét, rengeteg ideje felszabadult. Gyereket továbbra sem szerettek volna Zolival, a házuk pedig még épülőben volt, így előfordult, hogy Rita unatkozott. Egyébként is szeretett főzőműsorokat nézni a tévében, sőt, a gourmet ételek kifejezetten vonzották és inspirálták őt. Rita autodidakta módon állt hozzá a feladathoz. Odament a tűzhely elé, és kipróbált néhány receptet. Azonban a rutintalansága és az elavult tűzhely tragédiához vezetett. Tűz ütött ki a konyhában, ami borzasztóan gyorsan tovaterjedt a tűzhelyről a konyhai bútorokra, végig a konyhában és a nappaliban. A tűzoltók későn érkeztek meg, és Rita bennégett a tűzben.

Reni tehetetlenül, döbbent arckifejezéssel bámulta a tévé képernyőjét. Pillanatok alatt játszódott le a szeme előtt a jelenet, ahogy a karaktere, Rita kétségbeesetten kalimpálva próbálja magát kiverekedni a tűzből. Reni hiába adogatta neki a parancsokat, hogy fusson el onnan, hívja a tűzoltókat, vagy próbálja meg maga eloltani a tüzet, a karaktere nem hajtotta azokat végre. Ehelyett sikongatva és sírva veszett a tűzbe. Reni szüneteltette a játékot, és csak nézett maga elé tanácstalanul.

Mikor is mentett utoljára? Volt egy olyan megérzése, hogy már órák óta nem. Magában átkozódva előhívta a játék menüjét, és megnézte, hogy mikori az utolsó mentése. Csalódottan vette tudomásul, hogy a mai nap még egyszer sem mentett, annyira belefeledkezett a játékba. Ami azt jelentette, hogy újra kell kezdenie az egészet a tegnapi mentéstől, egész pontosan onnan, hogy Rita és Zoli visszatértek a nászútjukról. Reni emiatt úgy döntött, tart egy kis szünetet. Kiment a konyhába, hogy egy késői ebédet melegítsen magának, miközben gondolatai vissza-visszakalandoztak kedvenc szimulációs játékára, és a benne megalkotott karattereire. Arra gondolt, milyen kényelmes lenne, ha maga az élet is csak egy szimulációs játék lenne. Hiszen ha az ember valami óriási ostobaságot mond vagy művel, esetleg valami megmagyarázhatatlan, igazságtalan tragédia éri, nem lenne más dolga, csak visszalépnie egy előző mentéshez, hogy elkerülje azt. Akár azt is megtehetné, hogy visszalép a történet legelejére, és tiszta lappal újrakezdhetne mindent. Kipróbálhatna más életutakat, megtapasztalhatná a különböző döntéseinek a kimenetelét, de leginkább tényleg úgy élhetne, hogy nem kellene folyton attól tartania, mit hagy ki vagy mit szúr el.

Reni sokáig töprengett azon, hogy ha az ő élete is egy szimulációs játék lenne, mi mindenre tudná ezt a lehetőséget kihasználni. Vajon hogyan alakult volna az élete, ha anno nem cseszi el az első, igazi kapcsolatát? Milyen jó lenne, ha visszamehetne az időben, és mindent megváltoztathatna! Ha egy kicsivel jobban megnyílt volna a volt párja felé, és elmondta volna neki, milyen fontos a számára, illetve mennyire szereti, vajon azóta is együtt lennének? Milyen élete lenne akkor? Vajon ugyanúgy hajtaná a karriert, vagy inkább családpárti lenne?

Aztán azon tűnődött, mi lett volna akkor, ha kiskorában mégis úgy dönt, követi az álmait, hogy orvos lehessen, akárcsak a játékban, és nem egy szimpla jogász, ami végül a való életben lett. Boldogabb és kiegyensúlyozottabb lenne az élete, ha olyasmit végezne, ami igazán számít, vagy ami igazán érdekli? Elképzelhető, hogy akkor nem lenne ennyire kiégve, ami miatt olyan gyakran váltogatja a munkahelyeit, mint más a fehérneműt?

Utána eltöprengett azon is, hogy ha egy kicsit nyitottabb, megértőbb és türelmesebb lett volna az emberekhez, elképzelhető, hogy nem félne tőlük, és nem érezne az irányukba undort. Meglehet, hogy nem üldözött volna el maga mellől mindenkit, és nem esne nehezére új emberekkel ismerkedni. Akkor bizonyára jobban ki tudná használni a szabadidejét, és nem az jelentené számára a felüdülést, hogy naphosszat a konzol előtt ül. És ki tudja, talán nem rettegne attól sem, hogy egyszer gyereket vállaljon.

Reni időközben befejezte az ebédjét, és gondterhelten sóhajtott egyet. Már megint csak a negatívumokon gondolkodik! Elfelejti, hogy van saját lakása, nagyszerű családja, akik szeretik és akikre mindig számíthat, van egy kis félretett pénze, van egy friss barátja, akivel egész jól elvannak ahhoz képest, hogy a hosszú évek alatt azért mind a ketten megéltek egyet és mást szingliként. Van egy biztos, jól fizető munkahelye, stabil tudása, és tapasztalata a szakmájában. Mégis... erőteljesen elgondolkodott rajta, hogy boldog-e. Az élet nem egyszerű, és nem jár második esély. Hiába törekszik az ember a legjobbra, mindig az kell neki, ami nincsen. Reni ezekkel a gondolatokkal pottyant le gamer székére a tévé elé, és előhívta a játék tegnapi mentését. Aztán azzal a reményteljes gondolattal feledkezett bele Rita és Zoli általa írt sztorijába, hogy hátha a jövő technikája majd lehetővé teszi számára, hogy olyan kontrollja legyen az élete felett, mint Rita élete felett a kedvenc szimulációs játékában. Nem is sejtette, hogy mennyire közel áll a valósághoz. Mert valahol éppen ebben a pillanatban tették le az alapköveit egy forradalmian új technológiának, ami pontosan az ilyen igényeket hivatott kielégíteni.

## ÉLETRAJZ

J. M. Kolett 1993-ban született Budapesten. Tanácsadó, feleség és anya. Gyerekkora óta foglalkozik írással, elsősorban fantasy regények és novellák formájában. Számára az írás hobbi, munka, szenvedély, és ami a legfontosabb, egy lehetőség a menekülésre.

*Kőhalmi* Erika

# Írások

## Ajándék

Lázas gondolatok forognak rohanva,
Mit adhatnék neked születésnapra?
Ha szél lennék, suhanva érintenélek,
Ha nap, meleg sugárral néznélek.

Lehetnék szélfútta, kóborló felhő
Esőcseppekkel nyári forróságban.
Csipkézett, táncoló hópehely
Fagyos tél szürke homályában.

Bársonyos éjszaka sötétkék éjjelén
Gondodat elűző álmodat küldeném,
Pirkadó hajnalon vöröslő ég alól
Madarak csapata csak neked dalol.

Virágos rétek minden színét adnám,
Zöld lombú fának árnyékát mutatnám,
Őszi erdő csendes mélabúja,
Fáradt vándorlásnak lenne tanúja.

De csak pillangó lelkemet adhatom,
E nap talán a legjobb alkalom.
Aranyló porával hintse hát vállad,
Hogy éltedet sose érje bánat.

Velence, 2018.06.18

## Az „A" oldal

Egyszer, egy nyári nap reggelén
Új szem nyílt a világra,
Fájdalmát csepp száján kiáltva,
Tudva, hogy előtte az évek sora,
Sok játék, óvoda, iskola,
Életutak tekergő lábnyoma,
Dalok hangja, kis reménysziget,
Rövid időre magával vihet,
Melegen tart, ha minden hideg.
Kalandok, remények,
Barátok, szerelmek,
Szaladnak az évek,
Észrevétlenül egy kis lakásba érnek,
Kezedet már egy kis kéz markolássza,
Szemedet nézve lát egy jobb világba.
S neved, mi sikered záloga,
Hitemet küldi: Ne add fel soha!

2018. június 16. (Vikusnak 30. születésnapjára)


## Franci néni

Késő nyári nap melengette a gangos bérház udvarát. Az árnyékba borult oldalon nyitott ablakszemek sötétje rejtette a lakások belsejét. A napos oldalon végig a korlát mellett bágyadt virágok sorakoztak. Köztük lusta macska nyújtózkodott. A fal mellett egy kényelmes fotel elnyúlt pléddel takarva, kicsit rongyosan hívogatta pihenésre gazdáját a hármas számú lakás előtt.

A fotelban idős asszony szunyókált. Házi ruhája kopottasan takarta párnás testét. Feje félrebillent, és kissé hortyogott. Ősz tincseit kusza kontyban fogta össze csak sebtében, hiszen nem készült sehová. Napjait a lakásban vagy a gangon töltötte. Egy ilyen szép délután a legalkalmasabb volt, hogy kedvenc időtöltésének hódoljon. Beszélgessen. Híreket kapjon és pletykákat osszon meg. A ház lakói lassacskán megérkeztek a munkából. Élettel teltek meg a lakások és a folyosók. Mindenkivel lehetett egy-két szót váltani. Ki csak sietve köszönt, mások ráértek egy kicsit beszélgetni Franci nénivel. A szemben lévő oldalról a cekkert cipelő asszony csak átszólt:

– Hogy vagyunk? Sétált ma egy kicsit, Franci néni?

– Dehogy sétáltam. A derekam sajog, és fájnak a lábaim. Pedig kedveském, mikor fiatal voltam – kezd egy történetbe máris –, micsoda táncos lábak voltak ezek! Hajnalig is ropták fáradhatatlanul. Gavallérok adtak kézről kézre... Mikor is volt? Jaj, már nem is emlékszem.

– Sajnálom, még vacsorát is kell főznöm, meg tanulni kell a gyerekkel – lép tovább az asszony a lakáskulcsot keresgélve. – Majd szóljon a doktornak, hogy írjon fel valami kenőcsöt a derekára.

– Viszlát, Gizikém! Viszlát holnap. Kenőcsöt... – mormolja az orra alatt. – Miféle kenőcs használna a korra? Majd Gizike is megtudja pár év múlva.

Kinyújtóztatva fáradt lábait, szoknyája térde fölé csúszik, korához képest illetlenül. A megkopott szatén alól agg térdek villannak elő, de semmi kétség, hogy az inas lábak valamikor igencsak csinos vádlit mutattak a táncos mulatságban.

A lépcsőfordulóban gyors léptű fiatalember tűnik fel. Kettesével szedi a fokokat, hogy mihamarabb láthassa már csinos feleségét. De Franci néni nem kegyelmez, és megállítja az előtte elhaladót.

– Kézcsókom, Franci néni – s már lépne is tovább.

– Jó estét, Valér. Ma milyen korán jön. Csak nem ünnepelnek? Mi az a csokor a kezében?

– Csak egy kis figyelmesség az asszonykámnak.

– Virág. Az jó! Ó, mennyi hódolóm volt nekem lánykoromban – kezdődik az újabb történet, és Valér megadóan telepszik a cipősládára, térdére téve aktatáskáját és a csokrot, mert tudja, innen félórán belül nem szabadul.

– Tudja, Valér, amikor fiatal lány voltam, kézről kézre adtak a gavallérok. A lakás mindig tele volt illatos virágokkal. A legjobban a rózsákat szerettem. Tudja, hogy a rózsa az már komoly udvarlót jelentett? Honnan is tudhatná! Ma már mindenféle virágot vesznek a férfiak, ami elébük kerül. No és az uram! Ő aztán tudta a módját! Mindennap rózsákat küldetett. Csokrokat, virágkosarakat. Persze kártyával. Sohasem volt rajtuk azonos üzenet. Egyik szerelmesebb volt, mint a másik. Tudja, fiam, mindennek volt rendje.

Franci néni a távolba tekint, és arcán halvány mosoly tűnik fel. Ott jár a régmúlt bálban egy fess férfi oldalán, akivel oly sok évet osztott meg. Örömet, bánatot, háború borzalmát, nélkülözést és ezt a lakást itt a háta mögött, az ódon bútorokkal. Gyermeket nem adott nekik a sors, mégis csendes boldogságban éltek. A fess úr már vagy tíz éve elment. Egy halvány csillagként tekint le a nyári égen a gangos házra, vigyázva megfáradt asszonyát.

– No, siessen, fiam. Várják otthon – s talán egy könnycsepp csillan a ráncos szem sarkában.

– Tudja, Franci néni, ha már így összefutottunk, szeretnék kérdezni valamit. Már megint emelték a lakbért, és nagyon sok költsége lehet egy ekkora lakásra. Nem gondolta még, hogy elcserélné egy kisebbre? Kényelmesebbre?

– Ne mondjon ilyet, Valér! Hogy hagynám itt ezt a házat. No meg a drága Gézám bútorait is hová tenném? Nem tudok én már meglenni nélkülük, kedvesem.

– De Franci néninek nem kellene elköltözni a házból. Itt a mi lakásunk, pont a szomszédban. Kisebb ugyan, de kényelmes, komfortos. Tudja, nekünk kettecskén elég, de hát szeretnénk családot. Mi is szeretjük ezt a házat, meg a környéket, és nem szeretnénk messzire költözni.

– Szó sem lehet róla! – csattan fel az asszony. – Én már innen nem költözöm sehová.

– Ne haragudjon, Franci néni, csak megkérdeztem. Elnézést kérek még egyszer – hebeg a fiatalember, nem számítva ilyen indulatra. – Szép estét. Már megyek is.

Teltek a hetek, és beköszöntött az ősz. A gangról Franci néni is beszorult a lakásba. De sohasem volt igazán egyedül, mert a házban csak neki volt telefonja és naponta többen is bekopogtak, hogy használhassák a készüléket. Franci néninek ez nem volt ellenére. A lakók becsülettel megfizették a hívás díját és mindig maradtak egy kis ideig, hogy meghallgassák a régi történeteket. Főleg bálokról, a drága Gézáról, és persze a legújabb pletykákat a házból.

Egyik este Valér csengetett be.

– Kézcsókom, Franci néni. Megengedné, hogy felhívjam egy barátomat?

– Persze, Valér – fogadta kicsit távolságtartóan Franci néni a fiatalembert, nem feledve a múltkori lakáscsere-ajánlatot.

A telefon az előszobában volt. Valér a készülékhez lépett, és tárcsázott. Franci néni becsoszogott a szobába, gondosan nyitva felejtve az ajtót, nehogy egyetlen szóról is lemaradjon.

– Jó estét, Sanyikám! Hallod, ma nagy szerencsém volt. Az első lakás, amit megnéztünk két utcával arrébb, pont megfelel. Már az asszony is megnézte, és semmi akadálya a költözésnek. Hogy mekkora? – mondta kicsit hangosabban. – 76 négyzetméter, több mint a duplája a mostaninak, és nagyon kedvező a lakbér is. Nagyon jó állapotban van. Festeni? Igen azt kell, de tudod, hogy megcsinálom. Jönnél segíteni? Kiváló! Tudtam, hogy mindig számíthatok rád. Így két hét múlva költözhetünk is. El is köszönök, Sanyikám. Tudod, hogy a szomszédból telefonálok, és nem szeretném Franci nénit tovább zavarni.

Letette a kagylót, és már indult is a bejárat felé.

– Köszönöm, Franci néni!

– Várjon csak, Valér! Hát elköltöznek? Ilyen hamar?

– Igen. Nagyszerű lehetőséget találtam. Viszontlátásra – és kisurrant a hüledező asszony mellett.

Két nap múlva a szokásos időben, a lépcsőket kettesével szedve érkezett Valér az emeletre. Franci néni bejárati ajtaján a függöny résnyire elhúzva, és mögüle egy vadászó macska gyorsaságával feltűnt az elnyűtt pongyola és a kusza konty.

– Magát vártam, Valér. Kérem, jöjjön be egy pillanatra – nyílt tágasabbra az ajtó.

A fiatalember kicsit gyanakodva lépett be a lakásba.

– Jöjjön, csak jöjjön – és megnyílt a szobaajtó.

– Üljön csak le nyugodtan – s a nagy ódon fotel felé terelte vendégét Franci néni. A szobában nehéz függönyök és sötét, hatalmas bútorok uralkodtak. A mennyezetről hamis kristálycsillár üvegszemein csillant meg a gyenge fény.

– Tudja, Valér, a múltkor nagyon felzaklatott az ajánlata.

– Még egyszer elnézését kérem, Franci néni. Igazán nem szerettem volna megbántani. Nehéz az ilyen kérdést jól feltenni.

– Semmi baj, fiam. Elgondolkodtam, és igaza van. Tényleg túl nagy nekem ez a lakás, és minek is a két nagy szoba meg ez a rengeteg hatalmas bútor. Tudja, minap, amikor telefonált a költözés miatt, teljesen megrémültem, hogy ha elköltöznek, akkor már nem is találkozunk többet. Igazán jó szomszédok, meg aztán meg is kedveltem magukat. Olyan szép fiatal pár. Emlékeztetnek rá, amikor a drága Gézámmal... – és könnyek futották el a szemét.

– Szóval, fiam, én elcserélném magukkal a lakást, ha még nem késő.

Két hét múlva Franci néni kisebb bútorai átkerültek Valérék frissen festett lakásába, és a fiatalok boldogan költöztek át a szomszédba, ahol Sándor segítségével megkezdték a felújítást.

– Tudod, Sanyi, az a telefon nagy ötlet volt – szólt le a létráról Valér a barátjának, aki a festésnél segédkezett.

Budapest, 2024.07.09.


## Pénteki álom

A férfi kilépett a szürke panelház kapuján. Mozdulatai jó ismerősként követik egymást minden reggel. Inkább hajnal ez a korai időpont, amikor a rózsaszín-kék ég fogadja. Úticélja állandó és kiszámított.

Lépései egyenletesek és lendületesek, mintha gondolatai vibráló rezdüléseit akarnák ellensúlyozni. Fázósan húzza össze magán kabátját, és határozottan halad célja felé. A házak még fekete ablakszemeket mutatnak, alvó lakóikat takarva. Csak néhány ablakban gyúlt már fény. Ők is olyan koránkelők, akik útra készülődnek, mint az útján magányosan haladó férfi. De ő nem is gondol velük. A látvány szinte naponta ugyanaz, ahogyan az út is. Talán a legrövidebb is. Biztos és kiszámított.

Már a régi kis házak között halad a város szíve felé. Sárgán, zölden, barnán álldogálnak már több mint évszázada egymás mellett, ablakszemeiken keresztül bámulva a világra. Hány évet is éltek már meg a siető férfi kora előtti időkben? Mennyi mindent láttak már? S követik nap mint nap a sietős léptűt évek óta. Figyelik hangulatait. Talán a gondolataiba is látnak, hiszen jó ismerősök.

Forgalom még egyáltalán nincs a kanyargós utcákon. Innen nem látni rá a városra, mely egy hosszú völgy két oldalán terpeszkedik. A férfi elhalad az évszázadokkal ezelőtt épült történelmi falak alatt. Talán gyermekkorában ő is olyan hős vitéz akart lenni, mint akik e falakt védték. Ki tudja már.

Ma még ennek a súlyát sem érzi. Magányos gondolatok járnak fejében. Megoldandó feladatok, időpontok, emberek és a kötelesség.

Közben az ébredező nap újabb rózsaszín felhőket bodorít az égre. A fények már nem törnek éles vonalakat az épületeken és az őszi fákon. A patak vize a meleg nyár után a magas fal aljában szinte semmi. Az éjszakai eső csak szemetelő cseppekkel változtatta csúszósan alattomos pályákká a járdákat a kopaszodó fák alatt. Még nincs igazi reggeli fagy, csak egy kis intelem, hogy már csak pár hónap van az évből.

A strand vize párafelhőként emelkedik a medencék fölé. Hol vannak már a zajos nyári napok, amikor miden kis helyért ádáz küzdelem folyik, hogy a rekkenő hőségben az emberek enyhülést leljenek! Most itt is teljes csend és mozdulatlanság. Egyetlen hatalmas csövön zubog forró forrásvíz a patak medrébe. Hálás növények harsogó bujasággal veszik körül ezt az adományt. Az út másik oldalán álmos bájjal nyúlik el a kert évszázasod fáival. A reggeli futók még nem érkeztek meg, hogy csendjét megzavarják. Most csak a munkájuk felé siető kevesek vágnak neki a parti sétánynak. Mennyi emléket tartogatnak magukban ezek az ősi, vénséges platánok! Miket láthattak, hallhattak a hosszú évek alatt, mióta gyökereiket gondos kezek elültették, majd ápolták, míg erőre kaptak? S hol vannak már a kezek gazdái? Megannyi múlt. Amikor langyos tavaszi napokon tulipánok feslettek színes pompájukkal, akkor csipkeernyős dámák járhattak itt, cvikkeres urakba karolva. A tó körüli padokról sötét ruhás hölgyek figyelték minden léptüket, hogy a bimbózó szerelmek illő mederben haladva várják ki az időt az első csókig. Rebbenő kézfogások, láthatatlanul szinte a kíváncsi szemeknek. Piruló pillantások a kedves bókokra. Egy szál letört virág, emlékkönyvbe rejtve. Félve elejtett csipkés zsebkendő a kedves gavallér lába elé, hogy újra kézbe adva a tekintetek egymásba fonódhassanak egy pillanatra.

– Láttátok ti fák ezeket az aranyozott-csipkés keretbe merevedett képet? Persze, emlékeztek...

Ahogy sok év múlva egy copfos, szemüveges kislányra is. Piros iskolatáskával a hátán siet a park útjain minden reggel. Mindig ugyanazon az útvonalon. Pedig milyen jó lenne más ösvényeket is felfedezni! A fehér bogyós bokrokkal szegélyezett. Mert milyen mulatság is a földre hullott bogyókon végigugrándozni, miközben hangos pukkanással lapulnak szét a talpa alatt. S meg kellene csodálni a színes virágágyakat, megállva, de az iskola csengője mindig sürget. No és ott vannak a tavaszi fehér-rózsaszín gyertyákkal virágzó gesztenyefák. Hatalmas zöld leveleik árnyat adnak már a vakáció előtti kicsengetéskor. A legközelebbi találkozás mar csak ősszel, a barnuló levelek alatt. Zöld tüskés gombócok potyognak a földre széthasadva, és fényes barna termések gurulnak szanaszét. Néha ikreket rejtenek, de ezek a kislánynak kincsek. A lakásban majd kis emberfigurák, kutyák, macskák, majmok, zsiráfok lesznek a táskába gyorsan bedobált gesztenyékből. Néhánynak még sikerült a sapkáját is megmenteni.

Teltek az évek, és a kislány már kinőtte piros kabátját. Hosszú haja még mindig szorosan lófarokban. Már a táska sem a régi. A piros szőttes tarisznya ugyanúgy el tudja rejteni a gesztenye-gyerekeket, mint a régi háti táska. A szemüveg útközben a táskába került. Olyan gyerekes a piros kerettel. Minden-minden piros. De miért is? Hiszen a virágoknak más illata lett. Itt járt az első szerelem. Még csak titokban. Távolról. Olyan gyerekes bénultsággal. De jó találkozni néha egy álmokból ismert arccal!

Új nyarak után őszi derengésre ébrednek a platánkert fái. Apró gyerekek futkosnak egy asszony körül. Emlékeiben keresi a gyöngykavicsos utakat, a csúf vas mászókát és a fájó foltokat hagyó betoncsúszdákat... A két overallos kisfiú most egymást kergeti a játszótéren körbe-körbe. Az asszony a gesztenyéket szedegeti. Kicsiket, nagyokat, hogy ismét figurákat faragjon belőlük, megörvendeztetve a két aprónépet. Csodálkozó szemekkel nézik, hogyan elevenedik bábjátékká a gesztenyehalom anyjuk keze alatt...

A férfi az úton nem gondol erre. Saját életét ismeri jól. Ahogyan a kert útjait is. Sok emlék köti őt is ide. Fiatal ábrándok. Egy szaladó, kis, kék szemű kislány... Messze repülő évek...

Nem ennek az ideje van most – szól magára. Kiér a vasútállomás melletti úthoz. A gesztenyefasor itt tovább nyújtózkodik a kertből. Apró házak szegélyzik az utat kis virágoskertekkel. Merész rózsák dacolnak a reggeli hideggel. Szirmaikon az éjjeli eső cseppjei csillognak a kora reggeli fényben.

Egyedül van az úton. A saját útját járja. Talpa alatt zörögve hangoskodnak az összesodródott rőt levelek. El-elbújva a gesztenyék veszélyesen csúszós csapdákat állítanak a reggel sétálónak. Az ágakon már csak néhány levél próbál ellenállni a könnyű szélnek.

A kép színei most sárgák, barnák, vörösek, és a távolban ködös kékség az út végén...

Az egyik fa mögül egy kékes női alak lép a férfi mellé. Könnyedén érinti és karol belé néhány lépésig. Árnyként simul, és a férfi mit sem tud róla.

Vagy mégis?

Érzi a furcsa áramlatot, mely melegen érinti az arcát. Majd ismét összébb húzza a kabátját, de már késő. A nőalak szellem-létét használva bújt a kabát alá.

Csak egy lélek, aki messzi távolból melegre vágyik s most megtalálta, akit keresett. Az ismerős úton, melyen maga is oly sokszor járt. Most békére talált a sietős léptű férfi kabátja alatt. De hiszen nem is a kabát tartja melegen!

Halkan zizeg a kabátzsebbe rejtett telefon. Megérkezett a reggeli üzenet. A mai naphoz illő, gondolatokat ébresztő, s a férfi megy tovább az úton, de tudja, hogy már nincs egyedül. Mert lelkével érzi a kabátja alatt rejtőzőt.

2017. október 29.

## ÉLETRAJZ

Kőhalmi Erika Budapesten született 1965-ben. Műszaki területeken végtett munkája mellett kedvtelésből kezdett írni. Saját és mások életéből pillanatképeket, érzéseket vet papírra versben és prózában; üzeneteket, gondolatokat, tanulságokat az utókornak a mai érzéketlen és felgyorsult világunkban.

Kovács *Rita*

# Imácskák

## Fohász

Beszélő vagyok...
Szavakat adtál nekem, kérlek, hangot is adj.
Füleket okos fejeken, értsenek, ne csak halljanak.
Gránitkő vagyok...
Ha kivájtál, csiszolj is, szép és hasznos is legyek,
Idegenek, ha taposnak rajtam, Téged dicsérjenek.
Szivárvány vagyok...
Zengett az ég, jeges eső szakadt, pusztító, kemény,
Átnéznek utána rajtam, és tudják, hogy van remény.
A földön sár vagyok...
Szid, aki belém ragad, ha engedem, hálás Neked.
Add, hogy szél ne szárítson, magvakat nevelhetek.
Semmi vagyok...
Nélküled üres váza, áll a sarokban, nem jó semmire.
Könyörgöm, tölts meg naponta a Magad dicsőségére!

## Ünnepi áhítat

„Mielőtt kiborulok, inkább leborulok." (O. Hallesby)

Most felöltözik a lelkem.
Egy év alatt
lekopott róla a jó,
mint rossz vakolat.
Várom az Urat.

Őt, ki sokszor zörgetett,
beengedtem, nálam lakott,
s mint annyiszor:
kiűzetett
vagy elhagyott?
Könnyű mondani:
ilyen a világ,
s az ember,
ugye, esendő?
Most felöltözik a lelkem.
Ez a teendő:
Várni az Urat!
A Lélek utat mutat.
Az út nem fogy el,
nem egy év alatt.
Jöjj! Várjuk együtt az Urat!
És ha mondja: kövess!
A Lélek utat mutat.
Ez őszinte áhítat,
mint az éji fagy:
csontig átitat,
és felöltözik a lelked.
Így kezdesz Vele
új utat.


## 2.

### Kicsi ima – suttogva teliholdra...

Nem szűntem meg bízni –
sorsunkban ott van a lehet,
az elején megírt szavakra
mi teszünk ékezetet...

Nem szűnök meg hinni –
a ránk rótt keserves életet
megmérte már a mindent
átfogó-átható szeretet.
Mint mindenki, vágyok
fényes, csillogó napokat,
nem ígérte senki, s mégis
kezem s szívem tiszta maradt.
Majd elszámolok, ha kell,
ha itt lesz az ideje,
tudni fogom, hogy mi volt
mindennek értelme.

Jaj, a hazugoktól
ments meg, Uram, minket!
Kik úgy vezetnek félre,
hogy szemünkbe néznek...
elhitetik velünk, hogy
fontosak vagyunk, de
nem sírnak nagyon, ha
holnap meghalunk...
Jaj, a hazugoktól ments
meg, Uram, minket...

Nézd, Uram, magunk vagyunk,
beszélnünk kellene!
Adhatnál békét odakinn,
mérhetnél kicsit idebe'...
tégy jót velünk úgy,
ahogy csak gondolod,
és ne vedd el tőlünk,
inkább adj
sok szép pillanatot!

Uram, elfáradtam...
nyújtsd segítő kezed!
Megtörtem, tudom, már
csak benned hihetek!
Te vagy az egyetlen
igazi barátom!
Nincsen senkim-semmim
ezen a világon...
Te intézted ezt így –
Miért? Most már értem.
Hogy taníts és formálj,
átalakíts engem...
ne legyen másnak hely
porrá tört szívemben.

## 3.

### Előszó:

Néha elfogy a tintánk, vagy elakad a tollunk...
rádermed a szó, amíg nem kérded,
kicsiny piszok vagyunk csak
Isten körme alatt
hátsó udvarában az Univerzumnak –
a pillanat áll csak, ha ezt érzed.

## Európa legyen

Beszélővel, dúdolóval

Egyszer volt, hol nem, régen volt,
bolygónk az űrben kéken ragyogott,
mint koronájának ékköve,
Európánk volt a szebb fele.
És az lesz talán, az megint,
hogy őrizzük értékeit:
mi adott, a természetet,
s mit az ember felépített,
a gyönyörű óvárosok,
középkori várromok,
csodás új épületek...

Erdők, tavak, tengerek,
víz alatt és föld felett
őrizzük a kincseket,
védjünk minden várost, tanyát,
szeressük a mi Európánk!
Ültessünk sok fát,
építsünk utat, falut,
ne engedjünk több háborút!

Amikor majd az unokád
megkérdezi: mit hagytok ránk?
A legjobb, amit felelhetsz:
egy élhető életet!
Tiszta levegőt és vizet,
csupa szelíd erőművet,
jó utakat, új hidakat,
felújított kastélyokat,
biztonságos városokat,
és tudást minden gyereknek:
ő hogyan védheti meg...

Erdők, tavak, tengerek,
víz alatt és föld felett
őrizzük a kincseket,
védjünk minden várost, tanyát,
szeressük a mi Európánk!
Ültessünk sok fát, építsünk utat, falut,
ne engedjünk több háborút!

# 4.

## Keresztút-blues

Búcsú az országtól és azoktól, akik maradnak benne...

Valami nagyon, valami annyira fáj,
most nincsenek is rá szavak,
belehal az ember, ha elmegy,
belehal abba is, ha marad.

Áll majd köztünk
kilométer – több ezer,
áll majd köztünk
erődítmény – tízezer,
áll majd köztünk
folyó, tenger,
áll majd köztünk
sok-sok ember,
nem érdekel,
NEM ÉRDEKEL,
láthatatlan kötelékkel
megkötözve
engedsz majd el,

összetartozunk
örökre,
külön is egy
EGY-be kötve,
mi a mienk
egy életre,
lehet, többre
döntöttem...

Valami nagyon, valami annyira fáj,
nincsenek is rá szavak,
belehal az ember, ha elmegy,
és belehal abba, ha marad.

*Mihály András Imre*

## Versek


## KITALÁLT KEDVES

### Álomkavicsok

Szerteszét szóródtak az álmok,
Magáévá tévő öleléssel,
Lágy, meleg arc hajolt reám,
Emlékeim testté váltak,
Lassúdan, ringó mozdulatokkal
Felém közeledtél álom-kavicson.

Botladozva menekültem előled –
Rohantam volna hajnali fényre,
De az éj sorvasztó, sötét melege utolért.


### Esőben akvarell

Próbálom lassan, kínlódva összerakni
Szerteszét szóródó szikrákból a Napot.
Megszűnő látomások rajzolják elém arcodat –
Lüktetésük a mozdulatlanság ritmusa,
Melyre előjön s eltűnik újra
Minden emlék. Akvarell esőben.

## Távolodó fény

Megmérlek magamban ezerszer,
Szétszedlek láthatatlan részletekre,
Majd láthatóvá gyúrlak újra.
Tükrömben arcom helyén vagy,
Ágyamban magadról álmodsz,
Hordod ruháimat. Eltávolodsz,
És ballagva jössz felém megint.
Keringsz köröttem, sugárzom reád –
Most eltakarsz: sötétség, napfogyatkozás.

## EPIGRAMMA

Életünk értelme
Transzponálás
Megfoghatatlan
Gondolat
Átalakítása
Pólusokat
Összekötő vezeték
Izzásává
Akaratok
Ellenkezések
Szövetévé
Semmivé és valamivé

## TÁRS-VERS

A rövid vers jó,
A hosszú untat –
Mint amikor
Megszólalsz hirtelen:
Vonatablakból
Látom magunkat.

Mozdulsz, beszélsz,
Eszembe jutsz. Fasoron túl
Tompán kattogó vonat.
Versnek túl rövid,
Vízcsobogásnak hosszú vagy.

Vízcsobogás és szódobogás,
Torkodban szoruló szavak,
Elmondanád és elmondanám:
Versnek túl rövid
Vízcsobogásnak hosszú vagy.

## Wilhelmshaven

nézd
amott
végtelen víz
hullámzik
tenger
csillan és
sötét
szélben
széttört
habjai
sós permetét
szórja a szél
szép
ajkaidra

szürke felhők
sárga Nap
hideg homok
sziklák háta
dereng feketén

de itt vagy
velem

## Jön az ősz

Életem éltem
Halálom hoztam
Angyalt kívántam
Csomót bogoztam

Tanácsot kértem
Virágot kaptam

Láttam az istent
Előre láttam
Hátamon vittem

Múló időben
Ősztemetőben
Térdére ültem

## POMPEJI EMLÉK

Amint a tűz egyre kisebbre rántja tested,
Lélek-füsttel pótolja hiányzó részeid…
Testedbe olvadt út, ezernyi lábnyom,
Éjben izzó széles ágyon
Elmúlt a szenvedély s az álom.
Szívedből lángoló folyammal,
Szikrázva kél az utolsó nappal.
Könny párolog, robajlik sóhaj,
Reszket a fényben fáradt kezed.
Indulnál haza, ha lenne még,
Ha lenne még, ki várja léptedet.

*(Ha egyszer egy messzi és tétova holnap*
*Ezen az úton visszatoloncoltat,*
*És forró vassal feldaraboltat,*
*És ráírja a darabokra:*
*„Te vagy a múlt idő szobra" –*
*Lehet, hogy akkor megérted*
*Mitől fosztott meg az élet,*
*Miért kegyelmezett meg néked,*
*Miért öntött formába,*
*Adott értelmet és nyelvedre igéket.)*

Próbálsz összerakni mondatot,
De mint a mennyezet s a falak,
Tompán dőlnek és omlanak a szavak.
Halk sikolyok, elfojtott kiáltás,
Nincs kegyelem és nincs megváltás,
Minden mozdulatban
Halálra ítélt Krisztusok.
Az élet darabokban,
Te lent matatsz a porban.
Odafent csendes, tiszta kék ég,
Idelent vakok hallgatása,
Imádság emlékezésért.

Már zuhog rád égből mennyei tűz,
Véredet ontja, festi szíved feketére;
A tető beomlott, és rálátsz az égre.
Nehezen talált szavak helyett
Kőszívek és hideg kőkezek,
A világ s az élet kikövezett.
Tekintetedben kőbe zárult a jóság.
Testedre halkan hull a kő –
Magába zár a lelketlen idő és
Kezdődik az örökkévalóság.

# ÉLETRAJZ

Mihály András Imre ősei Lövétéről, Bujákról és Szeged Alsótanyáról származó magyar emberek, akik gazdálkodással, kereskedéssel és tanítással foglalkoztak. Mihály András foglalkozására nézve kutatóorvos, egyetemi tanár és szabadúszó szépíró. Versei az Új Aurora című irodalmi folyóiratban és a Szegedi Egyetem című újságban jelentek meg. Az IdőJel kiadó gondozásában 2023-ban jelent meg „Magyar Evolúció" című tényregénye, amely a huszadik században játszódó családtörténet.

*Müller* Ferenc

# Felülről küldött ember-angyalok és történeteik

Túl a 80-on, nyugalmazott egyetemi tanárként – több mint hatvan éven át az épület- és terméktervezés matematikai problémáival, az utóbbi évtizedben az intelligens adatfeldolgozás kérdéseivel is foglalkozva –, ezeket az évtizedeket egy készülő könyvben foglalom össze. Mindezen túl és mellett kötelességemnek tartom, hogy megemlékezzek négy olyan személyiségről, akik pályára állításomban és szakmai működésem jó útra terelésében szinte meseszerűen „beavatkozva" meghatározták az életem ezen részét. Emberi nagyságuk és jövőbelátásuk olyan nem mindennapi, hogy nem tűnhet el nyomtalanul. Felülről küldött **ember-angyaloknak** nevezem őket. Bizonyára tucatnyi ilyen történet létezik – és működik manapság is –, de talán ennek a négy „felülről küldött" emberi angyalnak a kapcsolata velem és az ehhez kötődő történetek – a történelem kis szegmenseiként – mások számára is elgondoltatóak, és talán érdekességgel járó olvasmányul szolgálhatnak.

Nem csupán a velem közvetlenül kapcsolatos történeteket vetem papírra, hanem más eseményekről is szót ejtek, amelyek ezen az ember-angyalok életének olyan mozzanatai, amelyek – azon túl, hogy rájuk jellemzőek – minden olvasó érdeklődését felkelthetik.

Egy neves íróbarátomat tudom csak idézni a velük való találkozásokra visszaemlékezve: „Nincsenek véletlenek, csak a Jóisten nem ír alá minden levelet". A történetek egy része azért is érdekes és tanulságos, mert bepillantást engednek egy olyan korszakba is, ami a gyermekeimnek, de főleg unokáimnak, már csak egy „távoli történelmi mese".

# Leopold Figl

Bécsi születésű édesanyám másodunokatestvérének férje. Az Anschluss napján, 1938 március 12-én nagybátyámat a Gestapo nagyapám bátyjával együtt – aki akkor a CV-nek volt az elnöke – letartóztatta. Nagyapámat aznap az Osztrák Ügyvédi Kamara elnöki posztjáról természetesen indok nélkül „felmentették". Még szerencséje volt, hogy nem kapott német „védőőrizetet". Leopold nagybátyám a dachaui, a flossenburgi majd a mauthauseni koncentrációs táborban töltött közel hét esztendőt. A háború utáni Ausztria első kormányfője, majd ideiglenes államfője, 1953-tól 1959-ig külügyminisztere volt. Nevéhez kötődik az Osztrák Államszerződés Molotovval történő letárgyalása. Hogy elkezdhettem egyetemi tanulmányaimat, neki köszönhetem.

1958-ban kitüntetéssel érettségiztem a keszthelyi Vajda János gimnáziumban. Mint annak idején lakhelyelhagyásra ítélt osztályidegennek – német származású apai nagyapám gyáriparos múltja miatt – szóba sem jöhetett, hogy egyetemen tanulhassak tovább. Apai tanácsra – mint majd egyszer építészetet tanulónak – ideiglenes megoldásként a kőműves és kőfaragó ipari tanulói státuszt „választottam". Hiába teljesítettem maximális eredménnyel a felvételi vizsgát, sajnos a „helyhiány" nem tette lehetővé tanulmányaim megkezdését. Gondjaim akkor kezdődtek, amikor a Magyar Néphadsereg Kiegészítő Parancsnoksága élénk érdeklődést kezdett tanúsítani személyem iránt. Bár nem voltam egy selyempapírba csomagolt gyerek, ez azért nem hiányzott volna akkori életemből.

Apám egy szombathelyi ügyvédbarátja tanácsát megfogadva postai levélben fordultam akkor külügyminiszter nagybátyámhoz, kérve „diplomáciai" segítségét. Ez sikerrel járt, mert néhány héttel a levél után az akkori Kossuth Rádió a hírei között számolt be arról, hogy Sík Endre magyar külügyminiszter, hazatérőben az ENSZ-közgyűléséről – amely akkor éppen az ún. „magyar ügyet" tárgyalta – magánemberként – tehát nem a magyar kormány képviseletében – megszakítja útját Figl külügyminiszter vendégeként. Én aznap, egy pénteki napon Veszprémbe utaztam egy vívóverseny résztvevőjeként. Vasárnap este, hazatérve a vonyarcvashegyi házikóba már várt a távirat, hogy azonnal jelentkezzem a Dékáni Hivatalban beiratkozás céljából.

Ember olyan boldogan nem tisztította meg kőműves és kőfaragó szerszámait, mint én hétfőn reggel. Összecsomagolva, szerszámaimmal és munkaruháimmal örömmel jelentkeztem ki a hévízi építésvezetőségen ipari tanulói „státuszomból". Másnap hajnalban utazás Budapestre, némi keresgélés után a K épületben megtaláltam a dékáni hivatalt, a beiratkozási processzus után megkezdhettem – több havi késéssel – tanulmányaimat. Nem kis erőfeszítéssel, halasztások nélkül letettem minden félévi vizsgámat, és a rajz feladatokkal sem maradtam adós.

Hosszú évek múltán, már mint egyetemi tanársegéd, majd adjunktus, jó néhány akkori professzortól – akikkel azután oktatótársként atyai baráti viszonyba kerültem – tudtam meg akkori véleményüket rólam. Nem tudták elképzelni, hogy ki lehet ez a fickó, akit így váratlanul, majdnem a félév végén „csak úgy" felvettek az első évfolyamra. Voltak, akik azt gondolták, hogy apám „valami nagy szolgálatot tehetett az »ellenforradalom« leverésében", de nagyobb részük szerint egy szerencsés ember voltam, akinek valahogy protekcióval, összeköttetéssel, de helyet préseltek a hallgatók közé. Nagy Sándor és Pelikán József professzorok már az első évfolyamon tanítottak bennünket. Ők elárulták később nekem, hogy azt tűnt fel nekik, hogy a kétszer 45 perces előadások szünetében odalép hozzájuk egy hallgató, és bemutatkozik nekik azzal, hogy most érkezett.

Ők: „Üdvözlöm, kolléga, örvendek, hogy itt köszönthetem, dr. Pelikán József egyetemi tanár vagyok. Ha a továbbiakban bármiben segítségére lehetek, forduljon bátram hozzám, mindenben állok rendelkezésre." Ez nekem ebben a formában teljesen rendben lévőnek tűnt, hiszen otthon – bár a „gyerekszobámat" az osztályharc elsodorta – azt tanultam, ha idegen helyre kerülök és ennek folytán ismeretlen személyekkel találkozom, a világ legtermészetesebb dolga, hogy bemutatkozom. Persze professzoraimnak is furcsa volt, hogy egy hallgató – a 130 közül – csak úgy odalép eléjük, és bemutatkozik. Miután jártasak voltak az illemben, maguk is a „játékszabályok" szerint viselkedtek.

Két évvel utánam István öcsém villamosmérnök hallgatóként, újabb két év után Róbert régész–történész hallgatóként került az egyetemre. Utánam hét évvel, Emil öcsém esetében már nem volt szükség diplomáciai „beavatkozásra", sőt, én már akkor tanársegédként üdvözölhettem az Építészmérnöki Karon a hallgató urat. Emil idejében ugyancsak László professzor volt a dékán, mint annak idején, amikor én kerültem az egyetem falai közé. László professzor úr kedvesen szólt hozzám: „Mondd, Ferikém, van neked még öcséd vagy húgod, aki egyetemre szeretne járni?" „Nincsen, Laci bácsi." „Na, akkor rendben van, átszólunk a Külügybe, hogy zárják le a „Müller-aktát."

Róbert ügyében akkor „már csak" az akkori osztrák nagykövet interveniált. Érdekes volt az akkori ELTE rektorának, Ortutay Gyulának a reakciója. Néhány nappal a tanévkezdés után bekérette Róbertet a rektori hivatalba. A rektori titkárságon történt másfél órás várakoztatás után „kiszólt" a rektor: „Jöjjön be az a kancellár-csemete!" A magnificus: „Nna, idefigyeljen, Müller, maga az egyetlen, akit az én rektorságom alatt protekcióval vettek fel az egyetemre. Ha befejezte a félévet, várom az indexével együtt. Elmehet!" Abban az évben december 30-án éppen rektori fogadónap volt. Róbert beköszöntött a rektorhoz. Mire ő: „Mondtam, hogy akkor jöjjön, ha befejezte a félévet!" Róbert: „De hát befejeztem" – és átnyújtotta a leckekönyvet, amelyben 7 jeles jelezte a félév befejeztét. Róbert minden kötelezettségét elővizsgaként még ez év befejezte előtt teljesítette. Ortutay: „Na jó, ez rendben van, többet nem kell jelentkeznie nálam." Annyi tisztesség azért volt ebben az emberben, hogy ezt követően a Róbert Károly körúti volt laktanya 24 fős szobájából Róbertet áthelyeztette a Ménesi úti Eötvös Kollégiumba. Ez annak idején egy kiváltságos státuszt jelentett. (Róbert évekkel ez után 40 évig múzeumigazgató volt, ma is szakmája európai hírű képviselője.)

Magánlevelezésem egyik féltve őrzött darabja az a levél, amelyben Leopold bácsi – akkor már „csak a parlament elnökeként" – igazán szívhez szóló és kedves sorokkal gratulál a diplomadíjjal befejezett tanulmányaimhoz.

Visszagondolva ezekre az évekre, szinte hitetlennek tűnnek az akkor történtek. 2013-ban, amikor átvehettem évfolyamtársaimmal az 50 év után adható az arany oklevelet, az akkori dékán és társaim engem bíztak meg azzal, hogy a kitüntettek nevében néhány szót szóljak. Pontosan emlékszem az első mondatomra: „Abban az évben kezdtük meg tanulmányainkat, amikor kivégeztek egy törvényesen kinevezett magyar miniszterelnököt. És ezek voltak azok a falak és a közöttük bennünket oktatók, amelyek és akik a legsötétebb öt évben megóvtak bennünket mind attól a borzalomtól, ami az egyetem falain kívül akkor történt..."

Sok családi anekdota és legenda szereplője volt nagybátyám. Sokáig csak egy kitalációnak tartottam az unokatestvéreimtől annak idején hallott történetet az 1955. május 13-án Bécsben aláírt „Osztrák Államszerződés" moszkvai első előkészítő tárgyalása kezdetén történtekről. Az idén augusztusban a megbízatását befejező osztrák nagykövet, dr. Alexander Grubmayrt – akivel közösen „vigyáztuk" a budapesti osztrák reálgimnázium ügyeit – egy baráti beszélgetés során megkérdeztem a történtekről. Édesapja az akkori kancellárnak, Raabnak volt a kabinetfőnöke, ő is jelen volt az „eseményen" és ugyanígy mesélte el saját családjának a megtörténteket:

A moszkvai tárgyalásokra kiutazó osztrák küldöttséget, élén a külügyminiszter nagybátyámmal, hivatalosan fogadta a Kremlben Molotov szovjet külügyér. A protokoll szerinti bemutatások során nagybátyámnak bemutatták Molotovot. Leopold bácsi elegánsan megszólalt: „én ismerem Molotov urat...". Mire a szovjet külügyminiszter: „Nem emlékszem arra, hogy bármikor találkoztunk volna egymással". Nagybátyám csendben megjegyezte: „Valóban, személyesen még nem találkoztunk, de én megismertem önt, legalábbis a hangját, amikor 1939. augusztus 23-án, a koncentrációs tábor alakulóterén (Appelplatz) meg kellett hallgatnunk, amint ön és von Ribbentrop birodalmi külügyminiszter közösen éltetik a Szovjet–Német katonai semlegességről szóló szerződést. Őreink röhögve biztattak bennünket, hogy csak hallgassuk, így fognak

bennünket a szovjet barátaink felszabadítani Hitler fogságából."
Mindenki lélegzete elállt a hallottaktól, Molotov arca rezdületlen
maradt, majd megszólalt: „Akkor most megkezdhetjük a tárgylást,
uraim, foglaljanak helyet". Mindenki úgy tett, mintha nem történt
volna semmi.

Két nappal ezt követően arról volt szó, hogy milyen mértékű
kártérítést fizet azért Ausztria, amiért most birtokba veheti a linzi
Voestalpine acélműveket, amely vállalat technológiai fejlesztésébe
a szovjetek viszonylag jelentős anyagiakat fektettek be. Valószínű-
leg álmukban nem hitték, hogy egyszer onnan el kell vonulniuk.
Nagybátyám lakonikusan megszólalt: „Nem fizetünk érte, mert
maguk azt a németektől vették át". Erre Molotov: „Hát, akkor ez
rendben is volna". Az ügy ezzel le is zárult.

Nagybátyám mellszobra a mai kancellári hivatal közelében van
felállítva. Ha valaki arra járva egy fehér rózsát talál piros-fehér-zöld
szalaggal átkötve, valaki a négy Müller testvér közül volt a „tettes".
A már említett osztrák iskolával kapcsolatos funkcióm révén gyak-
ran járok a Minoriten Platz-i minisztériumi épületben, mindig van
nálam ilyenkor egy szál fehér rózsa.


## Weichinger Károly professzor

A karon csak „Higi prof"-nak, hívták, a Középület-tervezési Tanszék
vezetője volt. Én kezdettől fogva az építészetnek ezt a műfaját zártam
a szívembe, és azon belül is a kórháztervezés volt a „szívem csücske".

Ismerve a tanszéki „játékszabályokat", arra készültem, hogy
valamilyen formában közel férkőzhessek olyan ismeretekhez, ame-
lyek dédelgetett tervemet majd annak idején – egy „jókora" kór-
házat tervezni diplomamunkaként – segítenek megvalósítani. A
középület-tervezés alapismereteinek elsajátítására egy szűk féléves
előadássorozat állt rendelkezésre. Itt az iskolaépületektől kezdve a
sportcsarnokokon át a színháztervezésig bezárólag csak általános
alapismereteket szerezhettünk. Harmadéves korunktól kezdve

azonban már specializálódott a hallgatói társaság, mindenki érdeklődésének – és természetesen az addigi eredményeinek megfelelően – választhatott szaktanszéket, ahol azután már részletes és értelemszerűen ahhoz igazodó szakismereteket szerezve oldott meg egy féléves feladatot. Ezek keretei között természetesen további elsajátítandó ismereteket jelentettek a kiegészítő szaktárgyak, és azok gyakorlati alkalmazásai is.

Mint minden tanszéknek, úgy a Középület-tervezésinek is volt Tudományos Diákköre. A problémát azonban igazán az jelentette, hogy mit lehet ebben a szakmai körben – iskolák, kórházak, színházak stb. tervezésében – „tudományoskodni". Egészen más volt a helyzet az épületszerkezetek, a statika és tartószerkezetek, az építéstechnológia keretein belül. Ezekben a témakörökben lehetett méréseket, kísérleteket folytatni, de épülettervek esetén ugyan mit kutassunk?

Nyelvismereteimet használva szorgos látogatója lettem a tanszéki könyvtárnak, amely szinte hiánytalanul kapta meg a legjobb és legnívósabb építészeti folyóiratokat Németországtól kezdve az USA-ig bezárólag. Szisztematikusan nekiálltam a kórházi ápolási egységek alaprajzi rendszereinek a tanulmányozásának. A legújabb külföldi példákat tudtam tanulmányozni. Arra voltam kíváncsi, hogy milyen topológiai összefüggés létezik az ápolási egység ágyszáma és az azt kiszolgáló központi nővérállomások elhelyezése között. Kiderült, hogy részben az ápolási egység funkciója – belgyógyászati, ortopédiai, stb. – alapján, illetve a betegszobákban elhelyezett betegágyak száma és a nővérállomás topológiai helyzete között egyértelmű összefüggés állapítható meg.

Ez az egyébként egyértelműnek tűnő dolog annak idején – legalább is a magyar gyakorlatban – egyáltalán nem volt evidencia. A több száz ágyas kórházaink ápolási egységei „egy kaptafára" lettek tervezve, nem volt alapvető különbség egy nőgyógyászati vagy egy fül-orr-gége gyógyításra szakosodott egység alaprajzi rendszere között.

A nagyszámú külföldi példát feldolgozva fel tudtam rajzolni olyan távolság-diagramokat, amelyek alapján meg lehetett állapítani a tartalom és a szobai ágyszám függvényében a nővérállomás optimális helyét. A kritérium az a feltétel volt, hogy az ápolószemélyzet adott esetben – időt is megtakarítva – a legkevesebbet mozogjon az osztályon belül.

Elkészült a diákköri dolgozat, amelyet természetesen a tanszéken bíráltak el először, majd javasoltak valamilyen minősítéssel a kari megmérettetésre. Név említése nélkül: az erre a feladatra kijelölt adjunktus kolléga természetesen nem tudott a dologgal mit kezdeni, még magát a lerajzolt függvénygörbét sem tudta értelmezni. Senki sem vehette zokon tőle, mert életében nem találkozott efféle megközelítésével egy alaprajzi problémának.

Weichinger azonban nem ilyen fából volt faragva: magához rendelt, és részletesen elmagyaráztatta velem a leírtakat és lerajzoltakat. „Végül is magának teljesen igaza van, ezt beadjuk a kari versenyre, és meglátjuk, mi sül ki belőle…" A kari bírálóknak is tetszett a dolog, első díjat nyertem, és részt vehettem a dolgozattal az országos konferencián, a veszprémi egyetemen. Ott is díjat kaptam, Weichinger pedig eldöntötte a kérdést: „Müller, maga most csak ilyen diagramokkal foglalkozzon, jövőre vizsgálja meg a műtőközpontokat, az legalább olyan izgalmas és eldöntetlen probléma, mint a nővérállomások helye…".

Mondhatta volna azt is, hogy jól van, és akkor részemről is vége ennek a problémafelvetésnek. A prof azonban megsejtette, hogy merre fog menni a világ – akkor 1961-et írtunk –, és csak később tudtam meg tőle, hogy már akkor kinézett engem tanársegédnek. Ebben a döntésében igazán az volt az előrelátó – amit természetesen magam nem is sejthettem –, hogyan változik meg majd a „szakmánk", és amit eddig csak rutinból oldottunk meg, azt idővel majd minden tekintetben ki kell majd számolni és objektív módszerekkel kell tudni bizonyítani is.

Ahogy „parancsba kaptam", a következő félévben hozzáfogtam a műtőközpontok elemzésének. Ennek a leckének azonban lett egy másik személyhez kötődő, meseszerű vonala is. Ez a történet azonban csak ez után következik.

1962 őszén el kellett dönteni, hogy milyen diplomafeladatot választunk illetve kapunk a tanszéken. Nekem akkor – már részben beavatottként – természetesen egy kórház lett a leckém. A kórházakkal akkor a KÖZTI Kórháztervezési osztályán az Ulrich Ferenc vezetése alatti műterem foglalkozott. Oda kaptam konzultációs lehetőséget, és magával Ulrich Ferenccel egy igazán komoly és évekre szóló szakmai barátságot is köthettem. A tatabányai 500 ágyas kórház lett a diplomamunkám témája. A feladattal viszonylag problémamentesen megbirkóztam, és még bőven volt időm valami „érdekeset" beépíteni a munkába.

Weichinger zseniális volt az ötletével. Minden épülettervezési feladatnak szerves része volt a diplomamunkák esetben a technikai megvalósítás gazdasági elemzése is. Ezek azokban az években még nyomokban sem képviselték a mai idők bonyolult és mindenre kiterjedő elemző és értékelő számításait. Ebben nyilván közrejátszott az is, hogy ezeket a számításokat „gyalog" kellett végigvinni, szemben a ma számítástechnika adta, szinte korlátlan lehetőségeivel.

Weichinger azt tanácsolta, hogy nézzek utána, mibe kerülhetne az általam tervezett vasbetonvázas épülettel szemben egy olyan megoldás, ahol az épület tartószerkezete acélból készülne. Ebben az időben ennek még a felvetése is szakmai „istenkáromlás" volt, hiszen az acélvázat legfeljebb a hídszerkezetek esetében fogadta el az állami építőipar vezetése. Weichinger arra hivatkozott, hogy annak idején, „az ő idejében" az ország legkorszerűbb kórházépülete a Kútvölgyi Kórház volt, és azt a '30-as évek második felében – európai értelemben is szokatlanul – acélszerkezettel építették meg. Tételezzem fel, hogy a tartószerkezeti rendszer acélból készül – nyilván nem jelent problémát a szerkezeti elemek méretezése –, és hasonlítsam össze a két konstrukciós elv közötti költségkülönbségeket. Szerinte acélból olcsóbb lenne az épület.

Tanácsára felkerestem dr. Sebestyén Gyulát, az Építéstudományi Intézet akkori igazgatóját, hogy segítsen egy megfelelő számítási eljárást találni erre a problémára. Sebestyén készségesen segített – évekkel később ő lett az aspiránsvezetőm –, és az ún. multikorrelációs számítási eljárást javasolta. Ami igazán szerencsét hozó tény volt, az a Sebestyéntől eltanult „programozási módszer" az URAL II. gép számára. Három hét alatt rávezetett erre a szakmai területre.

Az eredmény az lett, hogy egyértelműen sikerült bebizonyítani Weichinger sejtését, hogy az acélszerkezet valóban olcsóbb és gazdaságosabb a vasbetonnál.

A „hab a tortán" az volt, amikor a diplomavédés alkalmából Weichinger „rávezette" a bizottsági elnököt, hogy kérdezzen rá az épület gazdaságosságának kérdésére. Én, mint aki szárnyakat kapott, kezdem kiselőadást tartani a számítógéppel segített gazdaságossági számításról, az elnöklő Gábor professzor a végén már csak annyit mondott: „Elhisszük, kolléga úr, de az isten szerelmére, hagyja már abba ezt a számtanórát!" Weichinger diadalittasan mosolygott rám; végül is az ő ötlete volt az egész. Diplomadíjas lett a munkám. (Ez annak idején egy MÉSZ-tagsággal és egy külföldi úttal lett jutalmazva, így jutottam el Athénen keresztül egy hétre a piramisok földjére.)

A tanszéki eredményhirdetés után a professzor félrevont és ünnepélyesen bejelentette, hogy meghív a tanszékre tanársegédnek. Zavarba jöttem, mert akkor már a zsebemben volt a Zalaterv műteremvezetői megbízási szerződése azzal megfejelve, hogy első munkám a városi uszoda lesz. Zavartam válaszoltam, hogy köszönöm a meghívást, de egy sor akkori – nem éppen szakmai – feltételnek nem felelek meg. A válasz: azzal maga ne törődjön, azt én elintézem. Végül is kiböktem, hogy egy évre Zalaegerszegre „szerződtem", és különben is, én nem is tudok olyan szépen rajzolni, mint X és Y társaim. A válasz: „Na, figyeljen ide! Maga nekem nem azért kell, hogy szépeket rajzoljon. Menjen le akkor egy évre Zalaegerszegre, után ide jön, felejtse el a szépen rajzolást, maga csak a diagramjaival és azzal komputerrel vagy micsodával foglalkozzon. Ja, és mielőtt elfelejtem, kettő, de legfeljebb három évet kap, hogy beadja az egyetemi doktoriját."

Megkönnyebbülve váltunk el. Ősszel természetesen jelen voltam a professzor 70. születésnapi tanszéki „buliján", és egy év elmúltával a munkakönyvembe beírták az egyetemet mint munkaadót azzal a kiegészítéssel, hogy beosztása: egyetemi tanársegéd. Ha ennyi év után végiggondolom, hogy milyen „kicsinységeken", de végül is egy átlagon felüli ember jövőt látó képességén is múlott a sorsom, kiráz a hideg. Hogy milyen kicsi is a világ: Weichinger unokája és Rita lányom mindketten festőművészek, és jó barátnők. Tavaly egy rangos galériában volt közös kiállításuk.

S végül egy klasszikus Weichinger-történet:

Még az ötvenes években pályázatot írtak ki egy köztéri Lenin-szoborra, amit az akkori Felvonulás téren kívántak felállítani. A pályázat nyertese Pátzai Pál volt, akit ezért Kossuth-díjjal is kitüntettek. A szobor végül is 1965-re készült el, egyúttal megbízták Weichinger professzort, hogy tervezzen ehhez a műalkotáshoz igazodó építészeti „motívumot". Az egész tanszék csodálkozott, hogy az „öreg" belement ebbe a dologba. A legvagányabb kollégánk Komondy Zoli volt, aki az adjunktusok között az elsőnek számított, és ilyen formában valamilyen „megszólalási joggal" bírt a társaságban. Kivárva egy megfelelő pillanatot – amikor csak úgy „magunk között voltunk" – megkérdezte Weichingert, hogy miért vállalta el ezt a feladatot. Mire a professzor teljes nyugalommal csak annyit mondott: „Várják ki a végét, különben is megbeszéltem az egészet a gyóntatómmal". Elhűlten vettük tudomásul ezt a tényt, és kíváncsiak voltunk, mi lesz ebből a dologból. Teltek a hónapok, a prof szobájában a padlóra hasalva rajzolta a betonpilon vörös mészkőburkolatának elmeit az erre a munkára szegődött „segéd úr", ahogy mi akkor neveztük. A 15 méteres betonpilon elkészült, a tardosi „vörösmárvány-bányában" kiválasztotta Weichinger azokat a kőlapokat, amelyeket aztán méretre vágva és megszámozva a körbeállványozott pilonra felszereltek. Tudni kell, hogy minden egyes burkolati elemet – a régi szokás szerint – tervezőként maga Weichinger választott ki a bányában. Ennek abban volt jelentősége, hogy az egyes színárnyalatban és erezésben egymástól eltérő burkolati elemek azért egymáshoz illesztéssel esztétikai tekintetben is némi összefüggő képi egységet adjanak.

Megkezdték a burkolólapok terv szerinti felerősítését. Néhány nappal voltunk 1965 április 2, a felavatás dátuma előtt. A burkolást vezető készre jelentette a munkát, és jött a ponyvával is letakart állványzat elbontása. Természetesen erre a rendkívüli eseményre az egész tanszék kivonult a helyszínre. A felvonulási tribün oldali állványzatot kezdték először lebontani, amikor kirajzolódott az egymástól színárnyalatban eltérő burkolólapok által kirajzolódó kép: a világosabb burkolólapok egyértelműen és félre nem érthetően az ún. apostoli kettőskereszt rajzolatát mutatták. Nem hittünk a szemünknek. Weichinger „méltó nyugalommal" szemlélte –a gyóntatójával is megbeszélt – művét. Mondanom sem kell, milyen pánik tört ki a jelen lévő hatalmasságok között. Érdemben nem lehetett bizonyítani, hogy a professzor „tudva és akarva" követte el ezt a lázadó galádságot. Mintha mi sem történt volna, megszólalt: „Hát ez így nem stimmel. Építsék vissza a ponyvás állványzatot, fessék be az egészet hasonló színnel, majd keresünk másik bányát, ahol olyan kövek vannak, amelyekkel ez nem fordulhat elő". Így is történt, másfél óra múlva Vlagyimir Iljics ismét ponyvával volt eltakarva, várva a szebb napokat, amikor botrány nélkül szemlélheti a köznép a nagy vezér alakját. Jellemző még Komondyra az a megjegyzés, hogy ugyan miért egy ilyen hatalmas betonpilont tervezett Weichinger a szobor mögé. „Egyszerű a válasz, kollégák: azért van ott a betonpilon, hogy az előtte álló alakot ne rúghassa senki ülepen". Természetesen ez utóbbi szó helyett annak idején egy másik, népi kifejezést használt Zoli.

Egy idő után magas helyen döntés született arról, hogy betonpilont svéd gránitlapokkal kell beburkolni. Ahogy ez mindig is szokás volt, Weichinger kiutazott a helyszínre, és akkor már minden huncutságot félretéve, minden tekintetben megfelelő burkolatot kapott a betonszerkezet. Évekig, ha arra jártam, csendben elmosolyodtam magamban egykori mesterem történelemkönyvekbe illő vagányságán.

Még egy utolsó, engemet is érintő Weichinger- történet. Az „öreg" valahol külföldön járt, és kiutazása előtt elfejtett aláírni egy fontos tanszéki jelentést a rektori hivatal számára. Rados Kornél volt a rektor, Weichinger igazán nem szívelte, így kínos lett volna neki, ha helyette valaki más írja alá a fontos papírt – a címzett még sértésnek vette volna. Joó Baba néni, a titkárnő, telefonon kereste meg Weichingert, hogy akkor mit csináljon. A válasz némi habozás után a következő volt: „Franci egyszer már – parancsra – aláírt helyettem, gyakoroljon egy órát, aztán írja alá azt a papírt." Úgy is lett. Az igazat megvallva néhány percnyi gyakorlás után tökéletes „Weichinger"-t tudtam produkálni. Hazatérve megnézte az ugyancsak általam aláírt másolatot: „Tökéletes!" – volt a véleménye. De a java csak ez után következett: „Baba (ő a titkárnő volt), ezentúl engem ne zavargasson a leckekönyvek aláírásával, szóljon Francinak, ez az ő dolga lesz."

Az idei tavaszi, lányommal közös kiállításuk megnyitója alkalmából elmeséltem ezt az igazán nem korrekt kis titkot a professzor unokájának. A kérése az volt, hogy a meghívó papírjára írjak rá egy „igazi" Weichingert. Tökéletesen sikerült, mire Andrea: „Végre van egy aláírásom nagyapámtól".


## Guglielmo Salvarani

Már Weichinger professzor „történeténél" említettem, hogy az egyetemre kerülésemnek volt még egy „védangyala". Ő Guglielmo Salvarani volt.

Amikor a professzortól azt a leckét kaptam, hogy a diákköri munkámban foglalkozzam a kórházi műtőblokkok problémájával, mint előzőleg az ápolási egységeknél, végigböngésztem a tanszéki könyvtárat és folyóiratokat. Különösen USA-beli példákkal találkoztam nagy számban. Európában akkoriban – talán a németországi klinikai kórházak voltak a kivételek – igazán komplex műtőközpontokat nem építettek. Ennek részben anyagi, de elsősorban orvostechnikai okai voltak. Ki lehetett mutatni, hogy a kórházi ágyszám függvényében milyen topológiai elrendezések az előnyösek. Az is bizonyosságot nyert, hogy a műtők kiszolgáló egységeinek mérete, kapacitása is egy fontos és mérlegelendő kérdés. A probléma gyökere abban rejlik, hogy egyes szervizegységek, pl. bizonyos sterilizáló funkciók adott esetekben akkor gazdaságosak, ha azok nem külön-külön kerülnek az egyes műtőcsoportok közelébe, hanem valahol, a műtőközponttól távol, egy központi sterilizáló üzemben nyernek elhelyezést. Az összefüggéseket egyértelműen ki lehetett mutatni. Ezekkel az ismeretekkel „felruházva" kaptam meg szemeszterfeladatként egy 2+2 műtőből álló műtőközpont tervezési feladatát. Weichinger kissé szkeptikus volt, hogy erre a léptékre merészkedem, hiszen maga a tantárgyi kórházelőadás csak 2x545 perces volt. Miután megmutattam neki a műtőkkel kapcsolatos diákköri munkámat, nem volt akadálya, hogy ez legyen a félévi feladatom.

Igazán akkor lepődött meg, amikor 5 hét elteltével a professzori konzultáción a teljesen kész, minden kis részletre kiterjedő építésztterveket bemutattam, és akkor a félévből még két hónap hátra volt.

„Rendben van, akkor találjon ki valamit magának, sétáljon a Gellért-hegyen egy csinos kolléganővel, járjon múzeumba, de engemet most már ezzel tovább ne zargasson!" Még ma is csodálkozom, hogy vettem a bátorságot és azzal álltam elő, hogy meg szeretném tervezni a műtőblokk klímarendszerét. „Hát, ha mindenképpen akarja, tegye meg, de figyelmeztetem, nem tudok arról, hogy Magyarországon (1962-t írtunk!) ilyen létezne. Ha talál ilyet, szóljon! Na, isten áldja!"

A lényeg az volt, hogy hivatkozhattam bárhol a professzorom jóváhagyására abban a tekintetben, hogy megoldást találjak a műtőblokkok klímarendszerére. Értelemszerűen felkerestem az akkori ÁÉTV-t (Általános Építészeti Tervező Vállalat), ahol annak idején a legjobban felkészült épületgépész tervezők dolgoztak. A legnagyobb készséggel fogadott akkor ennek a szakmának koronázatlan királya, Förster Tamás. Előadtam neki a kérésemet, hogy legyen segítségemre a tervezési feladat megoldásában. Tamás nem kertelt, amikor elmondta, ne is álmodjak ilyen funkciójú kórházi klímarendszerekről, mert ilyenek egyelőre nincsenek. Ami ma a „piacon van", azok egyedi klímaberendezések, amelyeket egyenként építenek a műtőkbe. Ha azt a benyomást keltik, hogy egy összefüggő és központilag vezérelt rendszer részei, akkor az nem fedi a valóságot. Központi hűtő- és szellőztető rendszerek, esetenként valamiféle szűrőrendszerrel is kiegészítve igazán nagy volumenű kórházakban valóban léteznek, de hiányzik belőlük a lényeg, a szabályozott légsterilizálás. De ne adjam fel a reményt, mert egy külföldi kongresszuson már találkozott egy beszámolóról ilyen témájú biztató kísérletekről. Ha jól emlékszik, német vagy olasz cégről volt szó, sajnos nem őrizte meg a katalógust, amit ott erről osztogattak. Kissé leforrázva vettem tudomásul, hogy olyasvalamit keresek, ami valójában nem is létezik, illetve ha van ilyen, akkor erről német vagy olasz irodalomban találok megfelelő információt.

Hangyaszorgalommal nekiláttam tehát a tanszéki folyóirattárban a német nyelvű kiadványoknak. Talán az ötödik „kutatónapomon" nyomra leltem: egy hirdetés arról szólt, hogy megnyílt a Veronában működő „Riello" épületgépészeti berendezéseket is gyártó cég kelet-európai kirendeltsége Bécsben. A hirdetésben különösen ajánlják az újdonságnak számító, központi légsterilizálóval is ellátott kórházi klímaberendezéseket.

Heuréka! – kiáltottam fel magamban. Miután a hirdetés pontos címet és elérhetőségeket is tartalmazott, eldöntöttem, hogy levélben keresem fel a kirendeltségvezetőt, Guglielmo Salvarani urat, segítségét kérve problémám valamelyest elfogadható megoldására.

A problémát az jelentette, hogy ez a levélírás milyen formában történjen, adva azért némi hivatalos formát is dolognak. Vettem a bátorságot és megkértem Weichingert – részletesen elmondva neki, hogy miről van szó –, hogy kaphassak tanszéki fejléces levélpapírt a Rielló-levél számára. A válasz tipikusan weichingeres volt: „Ugye azt azért nem kéri, hogy lepecsételjük és esetleg még alá is írjam a maga levelét?" Természetesen kaptam levélpapírt, kölcsönkértem apám táskaírógépét és írtam egy német nyelvű levelet a szakmai problémámról. Mellékeltem az építészterv vázlatát is azzal a kéréssel, hogy abba rajzolja be Salvarani úr a megoldás lehetséges módját, és küldje vissza nekem az egészet.

Alig múlt el 10 nap, amikor a posta egy elegáns, sárga színű, A4-es borítékot hozott a címemre, a Bercsényi utcai kollégiumba. Felbontva a küldeményt a magam építészvázlata pontosan felszerkesztve volt benne, belerajzolva a legfontosabb klímaberendezésekkel, és változtatási javaslatokkal az egyes falszakaszokat illetően. A meglepést azonban igazán nem ez jelentette, hanem egy mellékelt levél azzal a tartalommal, hogy Salvarani úr ekkor és ekkor Budapestre érkezik egy szakmai rendezvényre, az Intercontinental szállóban száll meg (ez még a Finta-féle épület előtti szálloda volt). X napon, este 18 órakor a vacsoravendége vagyok a szálló éttermében, ahol megbeszéljük a részleteket és átad nekem minden olyan szakmai anyagot, amire szükségem lesz a végső és részletes terv megrajzolásához. Mindenre számítottam, de egy ilyen nagyvonalú és segítőkész kolléga léte igazi meglepetés volt számomra. A kért időpontban megjelentem a szálloda éttermében, ahol egy elegáns, jóképű, fiatal férfi fogadott és kínált hellyel. Kifogástalanul beszélt németül, úgyhogy kommunikációs problémáink nem voltak. Az ételválasztást rábíztam, és a kellemesen eltöltött vacsorát követve, egy olasz vörösbor kíséretében rátértünk a szakmai kérdésekre. Korrekt és általam is érthető magyarázatot kaptam a leglényegesebb kérdésekre úgy, hogy két óra elteltével – az általam elképzelt részletekkel – előttem volt a műtőblokk klímatervének az építészeti alaprajzba való megoldása. Kaptam német nyelvű katalógusokat, ezekből könnyedén össze tudtam állítani egy szükséges műszaki leírást. Az „épületgépészeti" óra után elbúcsúztam „tanáromtól" azzal, ha készen leszek a végleges tervekkel, azokat elküldöm neki. Csak a teljes igazsághoz tartozik, hogy ez végül is nem sikerült, mert számomra megoldhatatlan és bonyolult vámkezelési eljárás volt a feltétele annak, hogy egy műszaki tervet küldhessek ki az „imperialista nyugatra". Guglielmónak írtam erről, ő ezt megértéssel fogadta. Ezek után már csak arra vagyok kíváncsi, hogy mi lett a sorsa az én vázlattervet tartalmazó levelemnek, illetve annak az anyagnak, amit Guglielmótól kaptam. Szerintem ezek másolatai ma is megtalálhatók egy bizonyos irattár félrerakott dossziéiban. A történelem ilyen ártatlan dolgokból is „ügyet" faragott.

Karácsonykor még volt egy kedves képeslap-üzenetváltás közöttünk, és még ma is lelkiismeret-furdalásom van, hogy ezt nem folytattam. Mentségemre legyen mondva, meglehetősen „megsűrűsödtek" az események körülöttem: diplomakészítés, álláskeresés stb.

A kész tervet nagy büszkeséggel adtam be mint a féléves tervfeladat legfontosabb részét. Mindenki meg volt lepődve. Természetesen a tervlap névazonosító részében nagy betűkkel szerepelt az alábbi:
**Klímakonzulens: Guglielmo Salvarani – Riello, Verona.**

A tervnek volt még további története. Már adjunktus voltam, amikor az Építészmérnöki Kar az elmúlt 15 év legjobbnak tartott hallgatói munkáit tartalmazó könyvet szerkesztett. A borító lapja ezüst színű volt, így a kari történelemben ezt a könyvet „Ezüstkönyv"-ként tarják számon. Nagy büszkeségemre egy másik munkám mellett szerepelt a könyvben bemutatott munkák között a műtőközpont építészeti terve, és mellette a klimatizálás megoldásának lapja is.

Valamikor a '60-as évek vége felé írtam az egykori bécsi címre, de levelem, mint kézbesíthetetlen, visszajött Budapestre.

1970-et írtunk, amikor feleségemmel halottak napján a Farkasréti temető főútján a kijárati kapu felé sétálva egy hófehér márványlapon akadt meg a tekintetem, rajta rávésve a név: Guglielmo Salvarani. Döbbenetes volt számomra ezt a nevet itt és ebben a vonatkozásban olvasni. Hogyan kerülnek ennek a jótevőmnek a hamvai egy budai temetőbe? El nem tudtam képzelni, hogy ez hogyan történhetett meg.

Évek múltával egy, az interneten talált adat alapján tudtam meg, hogy Guglielmo feleségem és lányaim kedvenc szakácskönyvírójának, Lajos Marinak volt az első férje. Tovább „nyomoztam", és egy hazai *Ki kicsodá*ban rákerestem Lajos Mari nevére. Szerencsémre a vele foglalkozó írás tartalmazta a lakcímét és telefonszámát. Remegő kézzel tárcsáztam a számot, és a vonal másik végén egy kedves hang válaszolt a kérdésre, hogy kivel beszélhetek:

– Lajos Mari vagyok – volt a válasz.

Dadogva és zavartan elmondtam neki történetemet. Kiderült, hogy Mari, mint olasz szakos hallgató, egy szakmai konferencián Guglielmo tolmácsa volt. A találkozásból szerelem lett, majd 1966-ban házasság következett. A boldogság sajnos nem tartott sokáig: lányuk, Zsófia 17 hónapos volt, amikor 1968-ban Guglielmo el-költözött ebből a világból. Természetesen ezeket a szigorúan ma-gánjellegű információkat Mari személyes engedélyével adom közre. Mindig szeretettel és hálával gondolok arra az olasz kollégára, akinek segítsége nélkül bizonyára másképpen is alakulhatott volna az éle-tem. Segítőkész ember-angyal volt a szó igazi értelmében. Az évek során sem szakadt meg a kapcsolatom a kórháztervezéssel: tanszéki kollégáimmal, Rimner Jánossal és Komondi Zoltánnal voltam az ajkai kórház tervezője, majd a 120 ágyas algériai típuskórház, aztán a maputói 800 ágyas katonai kórház tervei voltak az asztalomon. Utolsó munkám ebben a témakörben a kuvaiti Mowasat Hospital balneoterápiás részlegének tervei voltak.

## Heinz Zemanek

Valamilyen csodába illő módon rendkívüli jó emberi és az „állami szervek által is elfogadott" szakmai kapcsolat volt Weichinger professzor és az akkor már nemzetközi hírnévvel rendelkező bécsi sztárépítész, Karl Schwanzer között. Schwanzer kívánsága volt, hogy küldjön Weichinger a saját tanszéke oktatói közül egy fiatalt, aki foglalkozik az akkor kibontakozó számítástechnika szakmai kérdéseivel és képes egy ezzel kapcsolatos szemináriumot is tartani. A választás – miután az egyetlen „madár" voltam ebben a kalitkában – rám esett.

A kiutazás oktatói munkára nem egészen előzmény nélküli. Szakmai ismeretségben állva Helmut Kunzéval, aki az alkalmazott számítástechnika egy ottani elismert szakértője volt, felfigyelt a BME Tudományos Közleményeiben közreadott cikkemre, amelyben az egyetemi doktori munkámmal foglalkoztam. Az általam additív-indeterminált tervezési módszernek nevezett, részletes számítástechnikai alapmodellt Kunze javaslatára felvette Schwanzer tanszéke az 1968-as őszi szemináriumok programjára. Az anyagot a szemináriumot követve közölte a Bécsben megjelenő rangos folyóirat, a Der Aufbau 1968/12. száma. Itt a szakmai szerkesztő – Helmut Kunze – kívánságának megfelelően nem a magyarországi publikációkban szereplő óvoda, hanem egy viszonylag nagyobb tervezési programot jelentő középiskola tervezési feladatát dolgoztam fel. Az 1968 őszi, három napos szakszeminárium a bécsi műegyetemen adta meg a lehetőséget, hogy már csak a témánál fogva is megismerkedhettem a Schwanzerral jó barátságot ápoló nemzetközi hírességgel, az IBM osztrák laboratóriumának vezetőjével, Heinz

Zemanek professzorral. A sors végül is úgy „szervezte" az életemet, hogy egyszerre lehettem – legalábbis egy bizonyos témakörben – ennek a két hírességnek kvázi a munkatársa.

A szakmai szemináriumom három napja során egy rendkívül érdekes eseménynek voltam a tanúja. Nem hiszem, hogy ezt az egy akkori kortárs építészettörténetben nem kis jelentőségű épülettel kapcsolatos történetet eddig bárki is közre adta volna. Miután e sorok az emberi tervezőképességet kisegítő, támogató, azt pontosabbá tévő technika-technológia kérdéseivel is foglalkoznak, szerencsés dolog olyan esetről is szót ejteni, amikor egy tervezési probléma megoldásához közvetlenül nem a mérnöki logika, hanem a véletlen helyzetet felismerő, annak tartalmát helyesen értelmező és szolgálatba állító ember intuíciója vezet el.

Az első szemináriumi nap végeztével, már késő délután a tanszék konzultációs szobájában – lehettünk vagy tízen – megszólalt Schwanzer professzor:

– Uraim, nagyon örültem, hogy most már van némi fogalmuk a gondolkodó gépekről – pontosan emlékszem, mert a számomra is tetsző „Denkmaschine" fogalmat használta –, de emlékeztetnem kell önöket, hogy jövő héten itt vannak a BMW képviselői, és nekünk még ötletünk sincs arról, hogy hogyan nézzen ki a müncheni irodaház az épülő olimpiai stadion mellett. Gondoljanak a kenyerükre!

Mindenki – jómagam is, mint aki jelen voltam az „eseményen" – lehajtott fejjel az üres papírlapokat nézte.

Egyedül Kunze szólalt meg:

– De hát itt van a megoldás az orrunk előtt! – és rámutatott egy a falon lógó, hatalmas poszterre, amely a felszállás pillanatában mutatta az akkor már kipróbált hatalmas hordozórakétát, az Atlas Agena-D négy hajtóművét.

Kevesebb mint egy évvel ezt követően ezzel a rakétával jutottak el az amerikaiak a holdra.

– Na, ne vicceljen, Helmut! – volt Schwanzer reakciója.

„De professzor úr, nézze már, hiszen itt van az alaprajz sémája a négy egymásba fonódó kör formájában!"

„Um Gottes Willen, hiszen magának igaza van!"

Mindenki elfelejtette a fáradtságát, a prof jelentőségteljes pillantással mindannyiunk elé egy méretes skiccpauszt tett az asztalra. Nekiláttunk, és egymást segítve hajnalra több változatban kész volt az irodaház négykörös alaprajzi sémája, jöhettek a németek. A tanszék egyik vezető oktatója az 1956-ban a budapesti műegyetemet diákként elhagyó és Bécsben diplomát szerzett Simoncsics Imre volt. Mesébe illő módon, a japán Kenzo Tange irodáját sikerekkel megjárva Imre a Schwanzer-tanszéken kötött ki. Sok évvel később a tanszék vezetője is lett. A reggeli bódulatban Imre csendben megszólalt:

„Nem kellene von Braunt esetleg meghívni a tanszékre?"

Schwanzer: „Gondolkodom rajta".

A münchenieknek első látásra megtetszett a „négykörös" alaprajz, és legnagyobb csodálkozásunkra és egy kicsit csalódásunkra is nem a hordozórakétát, hanem négy motorhengert láttak meg a tervben. Végül is a maguk szempontjából igazuk volt, mert azóta is, ötven éve „Négyhengeresnek", azaz „Vierzylinder"-nek titulálják a székházukat.

Miután Weichinger professzor hathatós támogatásával – a már említett módon – egy egész szemeszterre szóló vendégdocensi meghívást kaptam a TU Épülettervezési Tanszékére, egyúttal szabad kutatási lehetőséggel a Numerikus Matematikai Intézetben, ehhez kötődően a bécsi IBM-laborban is megfordulhattam, és felújíthattam ismeretséget Heinz Zemanek professzorral.

Zemanek akkor már itthon Magyarországon is ismert volt, hiszen az elsők között volt, aki a '60-as évek elején az elektroncsöves technológia helyett tranzisztoros számítógépet épített. Jómagam még annyit tudtam róla, hogy biológiai modellekkel foglalkozott – ha jól emlékszem, műteknősbékákat épített –, és talán az első volt a világon, aki az önvezérelt gépkocsi lehetőségét felvetette. Nyaranta a megépült zalaegerszegi tesztpálya vidékén autózva eszembe jut ennek a zseniális embernek az ötlete, amit akkor rajta kívül talán senki sem vett igazán komolyan.

Zemanek kíváncsi volt a „keletről jött" fiatal építészre, aki Schwanzerrel és Kunzéval egy folyóiratban publikál a számítógépek építésztervezési problémáiról. (Der Aufbau 1968/12). Máig csodálom a segítőkész türelmét, amivel órákon át hallgatta az elképzeléseimet. Talán a harmadik találkozás alkalmával tudtam meg tőle, hogy gyakorlatilag az első építész voltam, akivel „ezekről a komoly dolgokról" érdemben társalogni tudott. Már a kinti „vendégszereplés" idejének közepe felé jártam, amikor váratlanul ajándékként kezembe nyomott egy könyvecskét, Serge Chermayeff és Christopher Alexander „Community and Privacy" című munkáját. A könyv 1963-ban íródott, Bécsben 1966-ban jelent meg a könyvesboltokban. Nagyjából az alábbi kommentárt és jótanácsokat fűzte hozzá, amelyeket a többórás beszélgetés után azonnal igyekeztem pontosan lejegyezni magamnak. (Néhány részletre később még visszatérhettem nála.)

„... Ezt a könyvet figyelmesen olvassa el, higgye el, utána egészen más szemmel fogja nézni a világot. A vége felé talál majd olyan részleteket, amelyekkel igazolva látja a maga építőkocka-elvét, de ez ne tévessze meg, mert ez a maga által feszegetett kérdésnek csak részleges megválaszolása felé vezet. Van igazság abban, amiről maga azt hiszi, hogy megtalálta a megoldást, de fogadja el tőlem, hogy ezzel a kérdéssel komolyan és valós eredményt hozóan csak akkor és úgy érdemes foglalkozni, ha teljesen mindegy, hogy egy ház, egy város, egy konyhagép vagy akár egy bonyolultabb közösségi együttműködés kérdésére keres megoldási lehetőséget. Ne technikai feladatot, hanem egy megoldandó problémát lásson maga előtt. Felejtse el azokat a bölcsességeket, amelyeket ma »problémamegoldás« cím alatt olvashat. Ezek egy nagy része valós és figyelembe veendő tanácsokkal szolgál, de elsősorban a pedagógia és a matematika-oktatás területeit érintik. Természetesen amiről most beszélgetünk, a mai körülményekhez képest nagyságrendekkel nagyobb számú adat gyors feldolgozását igényli, és hát nem a mai gépsebességekre lesz szükség.

Láttam az eredményét annak a programnak, amit az egyetemi IBM 7040-esen kiszámított. (Egy CPM-feladat megoldása volt.) El tudja képzelni, hogy egy igazán komoly összeépítő feladatot több ezer lyukkártya segítségével meg lehet ma gazdaságosan, hatékonyan oldani? ..."

Na, akkor meg hiába gyötörtem magamat és társaimat – gondoltam –, de az „öreg" folytatta. „Azt tanácsolom magának, hogy az építőkockáit ebben a formában felejtse el, és kezdjen magának a tervezési folyamatnak mint problémamegoldó processzusnak a belső logikájával foglalkozni – de szigorúan azzal a szándékkal, hogy amit lehet, a matematikai modellezés nyelvén képileg, grafikailag is igyekezzen kifejezni, hogy mások is megértsék! Maga konstrukciókban, architektúrákban gondolkodó mérnökember, és az esze is ennek megfelelően működik. A matematikusok észjárása más, ne féljen, nem lesznek nagy számban szakmai konkurensei. Az ne zavarja magát, hogy olyan gép, amit majd a modelljei működése számára keres, ma még nem létezik. Előbb vagy utóbb – ez lehet akár 15-30 év is – ha másoknak nem, a katonák számára a technikusok majd kitalálják. Maga most harminc éves, várja ki az időt türelemmel. Nézzen utána a tervezéshez szükséges adatok keletkezése és feldolgozása logikája változó körülmények közötti értelmezésével.

Keressen módszert a nyert ismeretek ellenőrizhetőségének, rendezhetőségének és főleg az azok közötti összefüggések gyors megtalálásának a módjaira. De ne felejtse el, csak olyasmit írjon le és rajzoljon meg, amit egy átlagos mérnökember magyarázkodás nélkül is megért, különben bolondnak fogják tartani!"

A kapott lecke érzelmileg és szakmai hitvallásomat illetően is megrázott. Éreztem, hogy a mesternek igaza van, de hát ezek az évtizedekre vonatkozó perspektívalehetőségek nem estek egybe akkori szándékaim és lehetőségeim nagy részével. Elhatároztam, hogy megpróbálok „két lovon ülni", teszem a dolgom addigi szándékaimnak megfelelően, és közben igyekszem a jó tanácsok szerint alakítani szakmai munkámat, remélve, hogy a „majd a katonáknak megcsinálják a szükséges gépeket" állapot egyszer valóban bekövetkezik.

Már azt hittem, hogy minden megnyugszik körülöttem, amikor még egy váratlan „incidens" állított válaszút elé. A Numerikus Matematikai Intézet vezetője csábító ajánlattal állt elő. Ismerve az ott végzett munkámat és az építészeti alkalmazáshoz kötődő ottani publikációimat – mint kiderült, Kunze javaslatára –, felajánlotta az intézetben maradás lehetőségét azzal, hogy segítenek a habilitáción is „túlesni". Akkor már tudtam, hogy feleségem, Judit is megkapta az útlevelet és a kiutazás lehetőségét – igaz, a néhány hónapos Feri fiunk a nagyszüleinél maradt „letétben" –, így nagy volt a kísértés elfogadni az ajánlatot. Egyelőre nem adtam választ. Édesanyám magas ottani pozícióban lévő öccse megnyugtatott: adott esetben Feri fiunk „kihozatala" problémamentes lenne. Azt nem tudhatta, hogy az akkori „rend" alapján a hazatérés megtagadásának családom tagja többszörösen kárvallottja lett volna.

Természetesen elmondtam Zemaneknek is a kapott ajánlatot. Igazán bölcs és előrelátó, kivételes emberként az alábbi tanácsot adta: ne fogadjam el az ajánlatot, mert akkor – különösen egy sikeres habilitáció után – automatikusan be kell illeszkednem az intézet évekre előre eldöntött és kívülről finanszírozott kutató-tervező munkájába, és elfelejthetem saját szakmai álmaimat. Anyagi gondok nélküli ember lehetek, de mások kottájából kell majd zenélnem. Ez a tanács véglegesen és egy életre eldöntötte ezt a kérdést.

A munkám irányának javasolt „kiigazítása" végül is hideg zuhanyként ért, de volt már valami a tarsolyomban a Schwanzer-tanszéken végzett korábbi munkám révén. Még mindig a BMW-ház volt az asztalon. Bár 1970 tavaszán a szerkezetépítő és homlokzatszerelő munkák már javában folytak, a ház belső kialakítása még nem volt végleges. A terv az volt – és így is lett –, hogy az olimpia megnyitására az épületnek függetlenül a belső tartalom kiépítettségétől – mint egy elegáns kulisszának az új olimpiai stadion mellett – teljesen készen kell lennie. A teljesen befejezett épület átadására 1973-ban került sor.

Ez a helyzet lehetővé tette az igazán reprezentatív belső terek kapkodás nélküli megtervezését és megépítését. Schwanzernek nem kis gondja volt a kivitelezést végző Dyckerhoff és Widmann AG-vel szemben az a törekvése, hogy saját ízlésének megfelelő megoldásokat fogadtasson el. Nekem ez a tervező–kivitelező viszony – az akkori magyarországi helyzetben élve – ismeretlen volt. Mi akkor még a „kész pallértervek" világában éltünk, és szó sem volt arról, hogy az építész kigondol valamit, és annak alapján azután a kivitelező a legkülönfélébb megoldási változatokat javasolja a megbízónak.

Természetesen ehhez nálunk ezekben az években nem álltak rendelkezésre a „legkülönfélébb megoldási változatok". Egy érdekesebb anyag betervezhetőségéért külön importengedélyt kellett szerezni.

Dyckerhoffék – elegáns katalógusokkal, szerelési könyvekkel demonstrálva – nyilván némi üzleti céloktól is vezettetve öntötték a megoldás-javaslatokat. Schwanzer arra kérte a munkatársait, hogy találjanak ki valamilyen kiválasztó módszert, amivel egyrészt reálisan megállapítható a legcélszerűbb és gazdaságos megoldások köre, de érvényesíthetők legyenek a saját személyes elképzelései is. És ami fontos, olyasmit tegyünk az asztalra, amivel nehéz lesz vitatkozni. „Maga két éve magyarázgatott itt a szemináriumon valamilyen döntési modellről, nézzen utána, beszéljen Zemanekkel, hátha hasznát vehetjük itt is a maga modelljeit" – szólt a „parancs". Igaza volt a profnak, mert eszembe jutott, hogy annak idején egy fél napon át a dinamikus programozás alkalmazhatósága kérdéseivel „boldogítottam" a tanszék oktatóit. Ezt az anyagot annak idején a műegyetem továbbképző intézetében újdonságként adtam elő, és itt is érdeklődést váltott ki.

A társaság „nekiugrott" a katalógushalomnak, és a prof utasításai szerint témánként és altémánként a szó szoros értelmében elemekre szedte szét és dossziékba rendezte az egészet. Nekem ki kellett találnom azt a minősítési rendszert, amivel az egyes részmegoldásokat jellemezni lehet. Közösen megfogalmaztunk egy kritériumsort, amellyel minden egyes önálló, de egy másikhoz valamilyen módon kapcsolódó szerkezeti elemet minősíteni lehetett. Így utólag elég merészek voltunk, mert valós tapasztalat nélkül állítottuk egy megoldásról, hogy megítélésünk szerint a funkcionális használhatósága 1-től 10 pontig éppen „mennyit ér". Zemanek mosolygott az eljárásunkon és hozzátette: „Hála istennek csak az igazán nem nagy dolgokban döntenek az építészek, ellenkező esetben mit tehetne az emberiség".

Természetesen számos jellemző értéket egészen pontosan meg lehetett állapítani. A várható élettartam, a felújítási ciklus ideje, a karbantartási költségek, a szerelési idő, a csereszabatosság, a technikai és esztétikai egymáshoz rendelhetőség, az összeépítéshez szükséges kiegészítők költségei stb. egyértelműen mérhető és dimenzionálható értékek voltak. Maga a kivitelező cég is meg volt lepődve, hogy mindezekre kíváncsiak voltunk. A tanszéki technikusainknak nem jelentett problémát az egyes beépítendő szerkezeti elemeket érintő megvalósítási-szerelés sorrendjeinek összerendezése. Nekem ezután már csak a döntési gráf megrajzolása volt a leckém. Schwanzerre még várt egy fontos feladat: hiányzott az egyes megoldáselemekhez, illetve azok egy-egy összefüggő csoportjához tartozó építészeti-esztétikai értékszámok meghatározása. Ez volt kétségtelenül a legkevésbé objektív része a minősítésnek, de végül is egy építészeti alkotásról volt szó, amelynek független és autentikus tervezője van ezzel a döntési lehetőséggel felruházva.

Két nap alatt összeállítottam a végleges döntési gráfot, és vittem az anyagot a Numerikus Matematikai Intézetbe. Fél nap elteltével kezünkben volt az eredmény, mégpedig több megoldás is, pontértékek sorrendje szerint. Egy hét sem kellett a „Baumeistereknek" ahhoz, hogy egy komplett dokumentációt összeállítsanak a kivitelező részre. Dyckerhoffék nem vitatták a terveket – hogy igazán értették-e az általunk prezentált „objektív" bizonyítékokat, ma sem tudom.

Számomra a folytatás egyértelmű volt: a hátra lévő időt a tanszéken arra kell használnom, hogy egy konkrét építésztervezési feladaton próbáljam ki az alkalmazott módszert. Ennek ismertetése azonban nem ennek a könyvecskének a témája.

Nem mindennapi dolog volt, hogy kint létem utolsó hetére feleségem, Judit is kijöhetett Bécsbe. Zemaneknek elmondtam, hogy Judit az ELTE–TTK-n matematika–fizika szakon végzett. A reakció: „Akkor mutatok maguknak valami olyasmit, amit még az itteniek sem láthattak!"

A megbeszélt időpontban jelentkeztünk a Duna-parti IBM-ház fogadócsarnokában. (Ez az épület közel volt akkori szálláshelyemhez, a Collegium Hungaricum épületéhez.) Számunkra teljesen ismeretlen volt az a mód, ahogy a nem nyilvános laboratóriumba jutottunk. Életünkben először akasztottak egy furcsa jelekkel teli azonosító kártyát a nyakunkba, amivel be tudtunk lépni a felvonó előterébe, azt használva nyílt ki az a liftajtó, amely csak a labor emeletére vitt – nem is voltak gombok, amelyeket meg kellett volna nyomnunk, hogy a célemeletre érjünk –, és kinyitotta előttünk végül magának a labornak az ajtaját. Az élményünk lenyűgöző volt. Egy 70-80 cm átmérőjű, szinte teljesen lapos katódsugárcső volt a képernyő. Általunk használt különféle hangkeltő eszközökkel állítottuk elő a bemeneti jeleket. Ezek a hang-zörej függvényében különféle színes, és egymásba is átmenő, mozgó képsorokat jelentettek meg. Életünkben először láttunk egy hanggenerátort működni. Zemanek szerint csak idő kérdése, hogy mikor fogja leírni a gép azt a szöveget, amit hall. Még csak 1970-et írt a naptárunk! A legvégén egy néhány másodpercnyi Bach-zongoramű „rajzolatát" láthattuk. Volt bátorságom megkérdezni, hogy lehet-e ezt visszafelé is végezni. Van-e zenéje egy mozgó képnek? A válasz: „Katasztrofális zörejeket tudtunk eddig gerjeszteni."

Napokkal előtte Bécsből származó édesanyám ügyvéd öccsével a Volksoperban a „Wozzeck"-et volt részem megélni. Így nem volt véletlen, hogy eszembe jutott az a komolytalan dolog, hogy mi mindent tudott volna itt, ebben a szobában Alban Berg – egy absztrakt festő, művét zenére lefordítva – „elkövetni".

Elbúcsúzva jótevőmtől nem sejtettem, hogy többé nem sikerül találkoznom vele. A Jóisten hosszú élettel ajándékozta meg, valamivel 95-ik születésnapja előtt, 2015-ben költözött az égi komputerek közé.

Két nap múlva csomagoltunk, és indultunk haza. Hegyeshalomnál a magyar vámőr furcsán nézegette a doboznyi lyukkártyát. Ő nem kérdezett, így hát én sem magyarázkodtam.

# ÉLETRAJZ

Prof. dr. Müller Ferenc 1939. november 6-án született Szombathelyen. Építészmérnöki diplomáját a Budapesti Műszaki Egyetemen szerezte meg 1963-ban. Egyetemi tanársegédként, majd adjunktusként dolgozott 1964 és 1972 között, ezt követően tanszékvezető docens lett a Pécsi Műszaki Főiskolán 1972 és 1979 között. 1979 és 1985 között a TTI kutatásszervezési főosztályának vezetője, valamint a Medicor–Medinvest szakfőmérnöke volt. 1985-től nyugállományba vonulásáig, 2002-ig a Moholy-Nagy Művészeti Egyetem intézetigazgató egyetemi tanára, általános rektorhelyettese, majd megbízott rektora volt. Szakterülete a szemantikus hálózatokra épülő adatfeldolgozás és problémamegoldás módszerei, számos szakkönyv és publikáció szerzője. Kitüntették az Építész Kamara „Kamarai Érmével" és a Magyar Érdemrend lovagkeresztjével.

# Bízz!

„1902. aug. 8-án kitört egy vulkán. Perceken belül gáz, hamu és kő-zettörmelék záporozott a közeli kikötő városra. A 29 000 lakosból egyetlen ember élte túl a katasztrófát: A városi börtönbe zárt rab." /*/ Rázkódás. Nincs ember, ki ilyenkor talpon áll. Köztük én sem. Nem tudtam tartani az egyensúlyomat. Elestem. Nem volt fájdalmas. De a rengés még mindig nem maradt abba. Ülök a földön és rázkódom arrébb. Pont, mint mikor kisgyerekként, fiatalon a trambulinon ültünk s egy nagyobb gyermek ugrált mellettünk. Ugyanilyen érzés, de most ott van a tudat, hogy nem vagyok már gyerek és nincs itt semmiféle emberi trambulin. Bár előfordulhat, hogy valami óriáscsemete nézte városunkat játékeszköznek. De nem. Nincs itt óriás fajba tartozó gyermek. Lehet, jobb lenne, ellenben ilyen lehetőség nem létezik a jelenlegi helyzetben. Abbamaradt a mozgás. Most már sem én, sem a polcról távozott tárgyak nem pattognak. Meg sem tudom számolni, hányadik földrengés volt ez ma már. Nagyon mocorog a hegy. Ráadásul pont a város felett magasodik. Nem ártana szólni a vezetőségnek, ürítsék ki a várost.

Nem magam miatt, de tényleg. Miattuk. Egyrészt rengetegen lakják a várost, másrészt féltem a barátnőmet. Most már nem vigyázhatok rá. Sokszor próbált meglátogatni, nem engedték be sem őt, sem az általa készített csomagot, még csak levelet sem írhatok neki. Remélem nincs semmi baja, és hogy minél előbb elhagyja a szigetet. Nekem már úgyis mindegy. Feladtam. Félreértés történt, viszont senki nem figyelt, mikor meg akartam magyarázni a helyzetet. Mást láttak, mint ami valójában történt. Nem figyeltek, és most itt vagyok. Egyetlen rab a városban. Persze, az elején próbáltam mondani az őröknek, hogy ez nem így van. Később már ordítottam: igazságtalan, amiért itt vagyok. Beszédem süket fülekre talált.

Minden egyes alkalommal. Aztán csendben maradtam. Harc nélkül megadtam magam. Semmi sem változott. Ugyanúgy levegő maradtam, mint eddig. Régóta vagyok ebben a cellában, pontosan nem tudom, mióta. Elveszett az időérzékem. Vele együtt az órám is. A fizikai időmérésre szolgáló tárgy fekete bőrszíjjal, pont a tárgyalás után. Valamelyik őr elzsebelte. Nincs nagy értéke, csak számomra. Életem óráját pedig nem tudom, mikor vagy hol vesztettem el. Valamerre elfogásom és az ítélet között. Halálom órája pedig lassan közeleg. Nem tudom, merről vagy mikor. Csak sejtem.

Közelben ólálkodik. Lépeget folyamatosan, lassan jön egyre közelebb s közelebb. Nem fog rohanni, sose tette. Lopakodik, mint egy sötét folt látóhatárod peremén. S lassacskán, mint egy lajhár, ki a fáról szakítaná le a gyümölcsöt, feléd nyúl. Ekkor veszed észre jelenlétét. Megfagysz, nem bírsz mozdulni. A félelem lebénít, megfagyaszt. Veled szemben lebeg. Köpenye folyamatosan mozog, bár a levegő moccanásmentes. Csontváz ujja közeledik feléd. Az arcod felé. Csuklyája alá nem látsz. Szeretnél, de nem látod arcát. Senki sem látta, vagy ha igen, már nem mondja el. Tán jobb, hogy nem látod, csak még jobban megijednél. Már csak pár centire van a keze tőled. Utolsó erőddel egy könyörgő pillantást vetsz rá. *„Kedves Halál úr! Tudom, sokszor kívántam jelenléted, de meggondoltam magam. Légy szíves. Csak egy rövid búcsút engedj... Még élni szeretnék..."*

A csuklya felől válasz nincs. Nem is lesz. Te csak egy név vagy a listáról, semmi több. Érintését már nem érzed, elnyelt a sötétség. Egy újabb munka kész. Listán áthúzzák a neved, vagy kapsz egy kis pipát. Természetesen nem pirossal, mint matekórán. Nem. Feketével, s a kis aranyos ott marad emlékeztetőnek, hogy te már nem tartozol a halandók közé. S a Halál elindul a következő névhez. Újrakezdi lassú haláltáncát. Őt nem korlátozza az idő.

Ezt érzem én is. A közelben van. Más nem érzi, vagy ha mégis, nem szól. Ahogyan én sem. Fölösleges. Ha eddig nem figyeltek, most sem fognak. Csend van. Egyáltalán nem nyugtató. Vihar előtti csend.

Égveszejtő csattanás hallatszott. Majd halkult. Mindenki kirohant az épületből. Fülem sípol, cseng, lassan elmúlik s halk, elnyomott hang kúszik a fülembe. Figyelem, mi lehet, s már tisztán hallom.

Sikítás. Nem egy, több száz, több ezer. Nők, gyerekek, férfiak. Nem értem. Miért? Bomba talán? S eszembe ötlik... Nem bomba, nem is emberi fegyver...

Kitört a vulkán. Senki sem jön vissza értem. Hisz' én csak egy bűnös vagyok. Várjunk, mégsem, ártatlan fogoly volnék, akiről megfeledkeztek. Végleg. Jobb dolguk van. Menekülnek, ami elől nem lehet.

Ki kell jutnom magamtól. Körbejár a tekintetem a szoba azon részén, ami szerény foghelyemről látható. A kulcsok elérhető távon vannak. A földrengés miatt leestek. Kinyújtom a kezem, megfogom, behúzom. Átsétálok a zárhoz. Kidugom a kezem a rácson. Zárba helyezem a kulcsot, elfordítom a kellő irányba. A zár nyelve kattan. Enyhe lökés, és az ajtó kinyílik. Kilépek cellámból, megállok. Hallgatózom – csend van. Túl nagy a csend. Kiveszem a kulcsot, visszateszem az asztalra, pont ahol volt. Nézem a kulcsot. Nem jó. Egy centivel arrébb raktam. Megigazítom. Most jó, a helyén van. Elindulok kifelé a folyóson. Azon a folyóson, melyen jöttemkor láncon hoztak. Akkor vergődtem, mint a partra vetett hal.

Most viszont bilincs nélkül, nyugodtan sétálok kifelé. A füst kesernyés illata csapja meg az orrom. Kinyitom az ajtót, rögvest el is engedem. Hátrálok, az ajtóról forró hamut fújt rám a szél. Éget, de nem néz ki komoly sérülésnek. Kilépek a küszöbre. Körbenézek. Mindenhol hamu és törmelék. Az utcákon láva hömpölyög. Pernyét fúj a szél a levegőben. Mintha fergeteg söpört volna végig az egész városon.

Itt volt. Én nem éreztem a pillanatot, de itt volt. Tudtam, hogy idejön. Nem értem, másokért. Szép a mai szüreted, Halál. Sok nevet pipálhatsz ki. Olyat is, ami talán nem szerepelt a listádon.

Járhatatlanok az utcák, talán a magaslatokon életben maradt valaki, ahogy én. A felső utcák járhatóak, a láva ide még nem ért fel. Elindulok, sok utcát átjártam. Feltévedtem a saját utcánkba is, nem volt jobb állapotban, mint a többi. Az utca végén ismerősnek tűnő, fél égett testet láttam, bizakodom, nehogy az legyen, akire gondolok. Elfordítom a fejem, inkább tovább megyek. Neki életben kell lennie, nem távozhatott. Mindenhol ugyanaz a látvány fogad.

Kitört ablakok, hamu kődarabok. Mindenfelé halott állatok és emberek hevernek. Agyonégett testek vagy darabok. Akárhány utcát láttam, sehol semmi különbség nem volt. Kimentem a partra. Egy helyen magas sziklaszirt magasodik, ott húztam meg magam. Hamarosan lakótársaim is lettek. Pár állat, akik túlélték a katasztrófát az erdőben. Az utána következő napokban többször átnéztem a várost. Sehol egy élő személyt nem találtam. Hiába voltam eddig bezárva, fölöslegesen volt mellettem élőlény, magányosabb voltam, mint valaha. Hiányoztak embertársaim, akármit is tettek. Éjjelente felrémlett előttem egy kedves arc, smaragdzöld szempárral s vidám mosolyával, amit többé az életben nem láthatok. Az a tudat, hogy mellette lehettem volna, ha nem ütök ököllel a kormányzó orrába egy kis semmiségért, kínzóbb volt bárminél e világon. Azonban én megtettem, ezért börtönbe kerültem.

Napok teltek el, mire a távolban úszó felhőket láttam. Nagy hajóval, élelemmel, gyógyszerekkel érkeztetek. Azt hiszem, nem lesz rájuk szükség. Még mindig azt mondom, inkább én mentem volna, mint egy egész város.

*„A rab"*

## ÉLETRAJZ

Nagy Kitti 19 éves, közgazdasági szakon, középiskolában tanuló diák. Az írás a Covid-időszakban köszönt be először az életébe, azóta novellákkal, versekkel gyarapodott gyűjteménye. Jelenleg regényt készít. Eddigi szövegeit barátok és tanító tanárai ismerték. Ők indították el ezen az úton.

*Pap* Szilárd

# Sziasztok!

Erik vagyok, a Szuperkéz, a világ legújabb szuperhőse! Egy laboratóriumban születtem, ahol professzor „apám" intelligens, mesterséges kezek kifejlesztésén dolgozott.

Vihar, napkitörés, UFO-szál, na meg persze Zakó, a vombatnak köszönhetően öntudatra ébredtem, azóta segítem az emberiséget tudásommal és tehetségemmel.

Elkészült az első bemutatkozó füzetem „Gold Edition" címmel, A4-es méretben, 64 oldalon, prémium minőségben. Angol és francia nyelvekre lett eddig lefordítva. Ebben az eddig elkészült összes anyag megtalálható rólam.

A füzet egy rövid bevezetővel kezdődik a születésemről, majd pár kép látható a tervezőm kezdeti skiccein át, a próbaverziókig. Ezután néhány kép látható, amik a jelenleg írás alatt lévő „Születés" illusztrációi lesznek.

Ezt követi az első, 12 oldalas Pilot, *Szuperkéz játszik* címmel. Ez egy eredeti, igazi képregény, nulla kontextussal (biztos, ami biztos, azért 1 oldalban mögé került a történet leírása).

A Moziverzum kaland, az első komplett, szövegezett kalandom! Ebben a kedvesemet keresem híres filmek elhíresült jelenetein átgázolva.

A füzetben szerettünk volna több stílusban is bemutatkozni, ezért 3 oldalon látható vagyok manga, amerikai szuperhős, vagy éppen horror verziókban.

Az, hogy tulajdonképpen egy kéz vagyok, millió áthallást, poént és lehetőséget hordoz. Belőlem csak egy van, nem az ezredik csillámpóni, vagy cukimaci figura vagyok. Bábu és kesztyű is készül belőlem, hogy minden gyereknek lehessen – legalább egy – szuperkeze.

Egyeztetések már folynak, hamarosan kézműves sörök, üdítők vendégarca is lehetek, ahol személyesen kezeskedem majd a minőségért. Lehetek kabalafigura is, kéz-, röp-, kosár-, kézilabda stb. csapatoknak, de lehetek országos vagy vb. rendezvények figurája, rendőrség-mentők-tűzoltók-honvédség, pékek, kőművesek és kézművesek, vagy éppen kézbesítők „reklámarca"! Nagy célom, hogy a belőlem gyártott bábokat, plüssöket, kesztyűket ingyen osztogathassam gyerekosztályok – nem csak – kézsebészetein küzdő, apró kis hőseinek.

A végső cél a rajzfilm és a videojáték!

Köszi a figyelmet! Szuperkéz legyen veletek!

Honlap: www.szuperkez.hu
Facebook: Erik a Szuperkéz
Facebook/Instagram: Szuperkéz Superhand
E-mail: info@szuperkez.hu, szuperkez@pap-partner.hu

**Dear All!**

I'm Erik the Superhand, the world's newest superhero!

I was born in a laboratory, where my professor „father" was working on the development of intelligent artificial hands.

Storms, solar flares, UFO threads (and of course for Zakó the wombat), thanks I became awaken to life, and since then I've been helping humanity with my knowledge and talent!

My first introductory booklet entitled „Gold Edition" is ready, in A4 size, on 64 pages, premium quality. It has so far been translated into English and French. In it you can find all the material I have prepared so far.

The booklet starts with a short introduction about my birth, and then you can see a few pictures from my designer's initial sketches to the trial versions. Then you can see some pictures that will be the illustrations of the „Birth" that is currently being written.

This is followed by the first Pilot on 12-pages: Superhand plays. This is an original, real comic book, with zero context (just in case, we wrote the story on the last page).

The „Movieverse" adventure is my first complete story with text! In this, I'm looking for my beloved by wading through the famous scenes of famous movies!

In the booklet, we wanted to present ourselves in several styles, so I can be seen on 3 pages in manga, American superhero, or even horror versions!

The fact that I am actually a hand carries a million cross-talks, jokes and opportunities! There's only one of me, I'm not the thousandth glitter pony or teddy bear figure! I will make a doll and gloves so that every child can have at least one super hand!

Negotiations are already underway, soon I will be the guest face of craft beers and soft drinks, where I will personally vouch for the quality! I can also be a mascot, handball-basketball-handball etc. for teams, but I can be national or WC. figure of events, „advertisement" of police-ambulance-firefighters-national guard, bakers, masons and craftsmen, or even deliverymen! My big goal is to be able to distribute the dolls, plushies, and gloves I made for free to (not only) children undergoing hand surgeries!

The ultimate goal is the cartoon and the video game!

Thanks for your attention!
Superhand be with you!

Contact: szuperkez@pap-partner.hu,
Facebook/Instagram: Szuperkéz Superhand

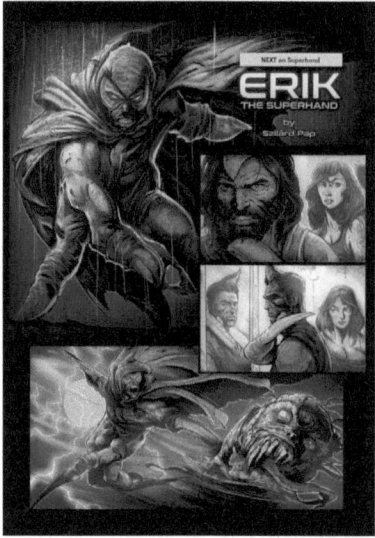

*Rab* Ferenc Levente

# Versek

## Egy maláj sirály pipázik

Égi fellegek uszályos hajója,
Egy maláj sirály, rászokott a bagóra.
Füstölgött göcsörtös pipája,
Amerre vitt útja, mindenki látta.
A maláj sirály túl sokat szívott a dohányból,
Túl sok szufla fogyott ki a fehér dolmányból.
Egy mámoros nap végén nagyot koppant,
Mikor egy fregatt fedélzetére pottyant.
Nézzétek, emberek, mily' esetlen madár –
Kiált a fedélzetmester –, mikor földre száll.
S valóban, csetlik-botlik a maláj sirály,
Keresi pipáját, tántorog, mint aki piált.
Közröhej tárgya a szenvedélybeteg,
Sóvárogva néz fel, várják a fellegek.
Elrugaszkodik, evickél felfele,
De a vitorlarúd közbeszól, bumm, fáj a feje.
Elviszi a hajó, kirakják a parton,
Ivóba tér be, ott marad, mint limlom.
Többet nem is repül, nem is pipázik,
Maga elé mered, néha még nótázik.

## Hajsza

Világít a bíbor hold,
Egész éjjel ott csaholt
Mögötted, s arra várt,
Mikor fárad el a láb.
Arcodba csap egy-egy ág,
Ma már ágy nem vár reád.

## Elválás

Számolom számtalan óráját a kéjnek,
A nap alászáll, mi vágunk neki az éjnek.
Nimfa és faun táncát lejtjük ketten,
Kacagunk kéz-kézben a rengetegben.
Lágy szellő emel fel, én lentről leslek,
Ígéred, mindjárt jössz, én kiáltom: Szeretlek!
De a szél megölel, repít, s el nem enged,
Te sem vágysz többé le, feledve frigyünket.
Szívemnek darabja sírássá oldódik,
Fájdalmam szememből lassan távozik.
...
Könnyeimet a hajnali harmat kimosta szememből,
Leteszem lábad elé, vagy vedd a kezemből.
Igazgyöngyök, a tieid, tégy velük, mit akarsz.
Dobd a sárba vagy tedd ládikába, többé fel nem kavarsz...

## Elment a kedves

Elment a kedves.
El a házból,
El a szobából,
El az ágyból,
El karjaimból.

Itt maradt a lég,
Mit áldott illata beleng,
Mit szívok esztelen: „még!"
Ebből sosem elég nekem.

Epekedve várom,
Hogy újra lássam,
Fájón vacogok nélküle,
S sírok, de oly halkan,
Mint párját vesztett fülemüle.

## Ibolyaszín

A haló Naptól
Izzik az alkony,
Izzik az alkony.
Szemsugaradtól
Vers kel az ajkon,
Vers kel az ajkon.

## Szirmom tóba hullik

Szirmom tóba hullik,
A fodor levelet sodor.
A levelet őzsuta nyeli,
Kire a tigris vadász.


## In memoriam J. A.

A külvárosi éjben zörgő kabátként reszkettél,
Miközben csak a mamára vártál,
Hogy előlépjen álmaidból,
S az éhségtől keményen kopogó szemedről
Lecsókolja könnyedet.
Bár ódáit senki sem fogadta be,
Gyönyörű szép szíved egyre csak zengte,
A semmi ágán vacogva ülve,
Mígnem meghasadt.
Pedig csak ez volt mind, mit akartál:
Tisztességes maradni,
Szeretetet adni és kapni.


## Pilinszky

Jónak lenni minden emberhez,
Á radt a vágy meghasadt szívedből.
N em lehet mégsem, szálka létünk
O lykor a másik húsába szúr.
S írva kapunk mégis feloldozást.

## JKS – Jon Kalman Stefánsson – margójára

Menny és pokol viaskodik bennünk,
Arra törve, hogy uralja lelkünk,
Mely részeg hajóként száguld a tajtékon.
Jó és rossz közben vért ont a maradékon.
A mi vérünket...
Véres, sebzett, vágyaktól mart szívünk...
Veled túl szigorúak ne legyünk!

## „Íme, eljött szabadulásod"

Őrült fogoly vagy, torzonborz, lucskos.
Fogcsikorgatva dühöngsz celládban, mocskos
Lyuk ez, és rácsok vannak mindenütt.
Mi is ez a hely, fejedbe szöget üt.

Bűneid börtöne, kezed rakta a falakat,
Az őr feléd fordul, ő is te magad vagy.
Velőtrázó sikoltás tör belőled fel,
Elküldted társaid, senki nem felel.

Kattan a zár, rabtársad érkezik,
Fején töviskoszorú, több sebből vérzik.
Borzasztó elgyötört, mégis rád mosolyog,
Kezét nyújtja, bár nem érted, elfogadod.

Belülről indulva forróság tölt el,
Urad karjába vesz, magához ölel.
Kivisz a napfényre, megmossa testedet,
Bűneid elveszi, s áthat a Szeretet.

## Emlék

Mint áradó zene
Elvarázsol,
Magával ragad,
Elvisz a mából.
Sejtjeimben érzem a lüktetést,
Befut az agyamba és...

Kinyitom a szemem,
A plafont nézem.
Jaj!
Újra itt a jelen...
Sóhaj

## URam elveszek nélküled

URam elveszek nélküled!
Zuhanok!
Nem akarom, mégis...
Zuhanok!
Az örvénybe, a sötéten ásító mélybe.
Zuhanok!
Elvesztettem a talajt, szállni nem tudok.
Zuhanok!
Egyedül Te menthetsz meg engem,
Jól tudod.

Miért nem hagylak, hogy segíts?
Miért nem engedlek, hogy repíts?
Miért nem tekintek feléd?

Lelkem izzó, tüzes csóva,
De a halál jeges folyója
Eloltja.
Testem karübdisz martaléka.

URam el nem veszek én Veled!
Hiába zuhanok!
Elküldted Fiad és Lelkedet,
S meg nem halok.
Szárnyad árnyékába menekülnek,
S oltalmat lelnek a rabok!
Égre emelem szemem,
Oda hívsz, én Istenem,
Kegyelmed sugárkévéjén
Szaladok!
Még ma Előtted leborulok!

*Ternyák* Balázs

# Versek

## Mindennapjaink egyike közül

Velünk vagy nélkülünk,
Biztos reggel lesz megint,
Újabb nap huny felettünk szemet.

– Mindannyian, mint kiságyból
Kiesett kisgyerek,
Csak sírunk, kapaszkodunk,
Kínunkban nevetünk,
Mihez kezdeni nem tudunk.

Így gondolatainkkal
Játszunk tovább,
És leszünk istenek.

Istenek a saját
Gondolt gondjaikban,
Ahol képregények oldalain
Lapulunk alább.

## Villanó

Te acélszárnyú terasz,
Belénk látsz, lelaksz,
Mintha csak elhagyott bérletek
Lennénk, aztán találva hagysz.

...mennyire igaz...

A felhők is felettünk,
Mint lazac, hirtelen ugranak
Odébb, márványba
Mártogatva szemünk.

...nem hisszük, de tudjuk...
és minden bizonnyal igaz...

## Észrevételek, petyhüdt panorámák

1.
Épp csak annyira kellene elégnek lennünk,
Mint két atommal az oxigénnek,
De ez valahogy mindig elfelejtődik,
Úgy marad, és nem történik meg.

2.
Ér-kezelt égboltot foltozgatunk,
Bámulunk, szédülünk, körhinta ez
És ki sem látszunk a földből,
Mégis felhőkarcolóként barnulunk.
Alkalomhoz illően.

3.
Gördülő adatfolyam,
– korántsem véges vízesés –
Itt isten is csak fenekező adathalász,
Mi az átkönyvelés,
Együtt: a megtermelt hozam.

4.

Feltúrt háttér, némi elkent fény,
Fekete és citromsárga mező,
Égig érő merőlegesként itt lenni
– nem akarás kérdése – kötelező!

## ÉLETRAJZ

35 évesen is – mindenféle gond nélkül – el tud töprengeni egy fá-
nak a levelén, hogy vajon azt a levelet látja-e még valaki más is, vagy
csak a komplett lomb marad meg az emberek agyában, miközben
elhaladnak alatta és/vagy mellette. Most lehetősége nyílt, hogy
a gyűjtemény által egy ablakszárnyat kitárjon, beengedve ezzel a
félárnyékot ebbe a kesze-kusza kertbe. Bízva abban, hogy az, aki
most olvasás közben beugrik a párkányon, megtalálja benne a hűsítő
jégkockát és a tűlevél hegycsúcsot.

***

*Le Fleming,* Antony

## JOURNEY THROUGH THE WOODS

Emerging from a lifetime's undergrowth
Of treading warily over the ground,
Trying to avoid pitfalls that occur
At times, the tentacles of despair.

A signpost points towards the open,
Into countryside more easily understood,
Past what remains of waylaying branches
Towards an uncongested landscape,
Hazily sunlit open fields.

Looking back retrospectively
At the denseness left behind,
Now mysteriously all but vanished,
Leaving only untrammelled ground.
All that stumbling hither and thither,
Was much of it a waste of time,
The outcome of unfocused thinking?

As I head towards the end of my travel,
On past the tendency for starts and stops,
It must be wisdom blossoming in hindsight,
Daylight infiltrating the outstretched boughs.
If I'd negotiated my route early on,
Knowing more fully where I belong,
Been able to see the wood from the trees,
I'd have accomplished my journey with far more ease.

## APPARENTLY 1

You no longer need a girlfriend for real,
Just throw yourself under AI's spell:
Anything within your imagination
Can be conjured up for your delection.

Short or tall, blonde, brunette
May now be acquired on the internet.
Demure or assertive, false or true
Can be synchronised ready for you.

The degree of intimacy is yours to condition
Depending on your disposition.
You needn't convene or even touch
If that all seems a bit too much.

You'll be able to stay comfy at home,
Make your moves via the online zone.
You won't even have to actually meet
Or envisage the patter of tiny feet.

## APPARENTLY 2

Couples are less and less at it
Apparently, losing the habit,
Even worse, the inclination
With its extinction implication.

Couples who opt to remain in bed
Fiddle with their phones instead,
An occupation as puerile
As it is sterile.

Perhaps this new-found isolation
Will curb the urge for procreation –
AI will be required to find
A way of propagating mankind.

# GETTING THERE

We arrive where we are despite, despite
The many obstacles placed in our way,
From the unsettlings of childhood
To vicissitudes of every day.

There's a tendency, nowadays, to sidestep issues,
Look to ascribe fault elsewhere,
The blame-game is the height of fashion
When things seem too hard to bear.

Victims are the warriors of today,
Resolutely programmed to complain,
Turning vices into virtues
For general narcissistic gain.

Acceptance is the way to react,
Anticipating trouble before it's too late,
Remembering when all is said and done,
'We are the masters of our fate'.

## WAYSIDE TREES

Tall, watchful trees
Stand impervious by the wayside
Notwithstanding the erratic scattering
Of interfering traffic.
'Carry on in your frenzy',
They seem to say,
'We'll still be here when you've gone on your way.'

Swaying imperceptibly
In the breeze,
Rustling in summer,
Gaunt in winter,
They stand, majestic, at their ease.

Dominating, imperturbable,
They lend a certain dignity,
Presiding over thoroughfares
Polluted with noise and tainted air.
'Carry on, carry on,' the trees seem to say,
'We'll still be here after you've long gone away.'

## THE GIRL OF MY DREAMS

The girl down the road
Had a wonderful smile,
The girl down the road
Was worth chasing a mile.
She was six
And I was seven,
I knew straight away what it was to find heaven.

We met by the bridge
On the way home from school,
The bridge on the path
By the old mill pool.
There we sat,
We sat to look
At the swans as they glided along the brook.

She told me her name
And I told her mine,
As we chatted away
We were getting on fine,
She with that smile,
Me feeling bold,
Now, at once, I felt I'd struck gold.

But one day I knew
Something was wrong,
No longer could find her
Walking along.
She with that smile
Appeared to have gone,
The sun up above no longer shone.

How could I know
That her parents had moved,
Gone to find work
Elsewhere, it proved.
Now all alone,
Living apart,
The girl of my dreams had broken my heart.

## LAMBS TO THE SLAUGHTER

Passchendaele, 1917

'Stand down' at five,
Thank God I'm still alive,
Now the hours to get through 'till morning
With the six o'clock warning.

Wear yourself out
With the jobs in hand,
Clearing the trenches, resetting the wire
In No Man's Land.

Then back to the billet
With its unsanitary smell,
In your gut that constant dread
Of what could be coming up ahead.

Empty bunks tell a lurid story
Of comrades gone to premature glory.
Compatriots, Privates Ray and Jack
Went over the top and never came back.
Poor Ned, fell asleep on sentry-watch,
Summarily taken out and shot.

Horrendous images disturb the small hours,
Men and horses sucked into the salient,
Frantic eyes and struggling hooves
Desperate to regain a measure of control
As they're sucked into that stinking hole.

All this for two unspeakable years
Grinding on, getting nowhere.
Youngsters from villages, towns and cities

Destined to become fragments of history,
Innocents at the beck and call
Of commanders who knew nothing at all.
How to reach any kind of solution
To this mindless persecution,
How to end the extermination
Of some of our best and brightest young men.

------------------

Again, with the rising of the sun
Comes the relentless pounding of the guns,
The chilling sound of human crying
Emanating from the dying.

On and on he went,
Numb with cold, braving the wire
Until he attained his final hour.
Just a flash and a bang –
A call from his mate,
A last-minute warning that came too late.

Meanwhile, back home, fires were lit,
Curtains drawn,
Folk unaware that on the morrow
A telegram would deliver immeasurable sorrow.

## BIOGRAPHY

Antony Le Fleming was born in 1941 and is a composer and poet. Educated at Cambridge University, he has led a varied career working as a conductor of choirs and orchestras and organising music in areas and schools. Antony is married with seven children and an ever-expanding number of grandchildren.

# Rate
## this **book**
### on our
# website!

www.novum-publishing.co.uk